Wolfgang Schweiger · Kein Ort für eine Leiche

In Trostberg wird die Leiche eines 59-jährigen, alleinstehenden Mannes aufgefunden. Was zunächst nach einem ganz normalen Unfall aussieht, entwickelt sich für die beiden Kommissare Gruber und Bischoff rasch zu einem äußerst komplizierten Fall, der weit in die Vergangenheit zurückreicht. Sie finden heraus, dass der Tote ein Erpresser war, und möglicherweise sogar ein Mörder. Als wenig später ein Anschlag auf Gruber verübt wird, überschlagen sich die Ereignisse …

Wolfgang Schweiger wurde 1951 in Traunsstein geboren, danach Ausbildung zum Speditionskaufmann, später Studium der Sozialpädagogik, seit 1979 als freiberuflicher Autor und Journalist tätig. Er veröffentlichte ein gutes Dutzend Krimis und schrieb Drehbücher für TV-Serien wie „SOKO 5113" und „Der Fahnder".
2008 erschien im Pendragon Verlag der erfolgreiche Chiemgau-Krimi „Der höchste Preis".

Wolfgang Schweiger

Kein Ort für eine Leiche

PENDRAGON

Bewährter Freund, versuchtes Schwert,
die sind in Nöten Goldes wert.
Deutsches Sprichwort

1

Gruber schaffte es auch dieses Mal nicht. Obwohl er wie ein Verrückter durch's Haus rannte, in rasender Eile ein weit offenstehendes Fenster nach dem anderen zuwarf und fest verriegelte, beim letzten kam er wie üblich zu spät. Das Wesen, das seit Jahren seine Alpträume beherrschte, war schon ins Zimmer eingedrungen. Dichte, schwarze Nebelschwaden, die wie ein Krake nach ihm griffen und etwas verbargen, das er hoffentlich niemals zu Gesicht bekommen würde. Er schlug mit beiden Händen heftig um sich – und wachte auf.

Verschwitzt und mit wild klopfendem Herzen lag er eine Weile da und starrte ins Leere, ehe er die Beine über die Bettkante schwang und sich aufsetzte. An Schlaf war vorläufig nicht mehr zu denken, also was tun? Lesen oder sich die Van Morrison-CD anhören, die er gestern geliefert bekommen hatte: *Astral Weeks Live at the Hollywood Bowl.* Er blickte auf die Leuchtziffernanzeige des Weckers am Nachttisch. Kurz nach halb fünf. Oder sollte er vielleicht, was er schon seit Ewigkeiten nicht mehr gemacht hatte, einen kleinen Morgenausflug unternehmen? Ins Trenkmoos hinaus radeln und den Sonnenaufgang auf sich wirken lassen. Jetzt mitten im Mai sicher eine feine, ungemein erfrischende

Sache. Und mit einer Thermosflasche Kaffee und ein paar rasch geschmierten Broten im Gepäck, könnte er auf dem Rückweg dann am Ettendorfer Kircherl Zwischenstation machen und dort auf der Bank frühstücken.

Ohne Licht zu machen, erhob er sich und tappte schwerfällig zum Fenster. Unten im Garten lärmten bereits die ersten Vögel, und er ließ seinen Blick über die Apfel- und Birnbäume wandern, die sich hinter dem Haus bis zum Waldrand erstreckten. Bewunderte auf's Neue die Blütenpracht, die sich ihm bot. Wäre ganz schön blöd gewesen, das alles hier zu verkaufen, dachte er. Nur weil er im ersten Schock nach der Scheidung von einem Neuanfang geträumt hatte. Von einer hübschen kleinen Stadtwohnung, die mit keiner Arbeit verbunden gewesen wäre und wo ihn nichts an Evi erinnert hätte. Nein, hier würde er bleiben, auch seinem Töchterchen zuliebe. Ein Zuhause war ein Zuhause! Und was könnte es für Enkelkinder Schöneres geben, als dort unten herumzutollen. Mit ihm im Gartenstuhl, der auf sie aufpassen würde, während ihre Mutter Karriere machte, auf welchem Gebiet auch immer. Außerdem, wer konnte schon sagen was die Zukunft bringen würde, bei all dem Krisengerede derzeit. Vielleicht würde er eines Tages auch noch froh sein, wenn er im Garten Kartoffeln und anderes Zeug anbauen könnte. Wenn er sich mehr oder weniger selbst versorgen könnte, so, wie es seine Eltern gemacht hatten, als er noch klein war. Und er wollte sich schon abwenden, als etwas seine Aufmerksamkeit erregte. Obwohl es noch ziemlich finster war, glaubte er plötzlich, neben einem der Bäume die Umrisse einer Gestalt zu erkennen. Einer menschlichen Gestalt! Etwa mittelgroß, dunkelgrau gekleidet, leicht nach vorne gebeugt.

Gruber fuhr sich mit der Hand übers Gesicht und rieb sich die Augen. Sah er jetzt schon Gespenster, als Folge seines Alptraums? Wer zum Teufel sollte mitten in der Nacht in seinem Garten herumlungern? Ein Einbrecher? Das wäre ja ganz was Neues. Er fixierte die Erscheinung erneut, doch es war keine Täuschung. Jemand war dort unten und schlich zwischen den Bäumen umher. Sollte er das Fenster aufreißen, sich bemerkbar machen und den Eindringling so verscheuchen?

Nein, entschied er. Wenn schon, wollte er sich den Mistkerl schnappen. Herausfinden, was los war. Der Sache auf den Grund gehen. Er trat vom Fenster zurück, streifte seinen Schlafanzug ab, schlüpfte in Hemd und Hose und eilte die Treppe hinab. Zum Flurschrank, in dem er in der obersten Schublade seine Heckler & Koch verstaut hatte. Er überprüfte das Magazin, lud durch und entsicherte die Pistole. Dann drehte er so leise wie möglich den Schlüssel im Haustürschloss um und schob sich mit vorgehaltener Waffe vorsichtig ins Freie.

Die Morgenluft, die ihn umfing, war kalt und erinnerte ihn daran, dass es vor wenigen Tagen auf den Bergen noch geschneit hatte. Vor dem Haus war niemand zu sehen. Er wandte sich nach links, vorbei an der Hausbank und der Regentonne, ging in die Knie und spähte mit angehaltenem Atem um die Ecke. Die Stelle, an der er den Mann gesichtet hatte, war leer. Keine Spur von dem Kerl, auch ringsum nicht. Doch dann registrierte er am Waldrand eine Bewegung, ein flüchtiges Etwas, das gleich darauf von der Dunkelheit verschluckt wurde.

Gruber richtete sich wieder auf und starrte, plötzlich zitternd vor Kälte, in Richtung Wald. Sollte er dem Kerl nachsetzen? Eine kleine Verfolgungsjagd starten? Rein ins Gebüsch und Räuber und Gendarm spielen? Lächerlich, sagte er sich dann. Auch wenn ihm die umliegenden Waldstücke seit Kindesbeinen an vertraut waren, unter diesen Umständen würde er sich nur unnötig in Gefahr begeben. Er würde nichts weiter als eine prächtige Zielscheibe abgeben, während er barfuß und unbeholfen zwischen den Bäumen umherstolperte. Und bis er sich richtig angezogen hatte, wäre der Kerl ohnehin über alle Berge. Er konnte höchstens die Kollegen alarmieren, für alle Fälle. Die würden zwar eine Suchaktion starten, sich hinter seinem Rücken aber garantiert über ihn lustig machen. Würden unter sich sagen: Nur weil der alte Depp schlecht geträumt hat, müssen wir uns jetzt die Köpfe einrennen!

Er schüttelte verwirrt den Kopf, ging mit trägen Schritten zurück ins Haus und warf die Haustür mit einem Knall zu. Den Morgenausflug konnte er vergessen, so viel stand fest. Jetzt würde er erst einmal überprüfen müssen, ob der Kerl tatsächlich versucht hatte, ins Haus einzudringen. Oder anderweitig dabei gewesen war, ihm dumm zu kommen. Mit der Pistole in der Hand inspizierte er Zimmer für Zimmer, doch alle Fenster im Erdgeschoss und auch die Glastür zum Garten waren unbeschädigt und fest verriegelt. Er öffnete die Tür, trat in den Garten hinaus und ging zwischen den Bäumen umher, und tatsächlich, er hatte sich nicht getäuscht: Das feuchte, knöcheltiefe Gras war an vielen Stellen zertreten und soweit er erkennen konnte, war der Eindringling vom Wald her gekommen und in diese Richtung auch wieder verschwunden. Er holte sich aus der Küche eine Taschenlampe und suchte als Nächstes den Schuppen ab, in dem er nebst einigen Gartengeräten und ausrangierten Möbelstücken auch einen Stapel Brennholz untergebracht hatte. Doch nichts. Keine Sprengladung oder ein Brandsatz, die dort versteckt waren. Jedenfalls nicht auf den ersten Blick. Er nahm sich vor, bei Tageslicht dennoch alles genau zu durchsuchen und die Holzscheite umzuschichten. Und auch sonst einige Vorsichtsmaßnahmen zu treffen. Etwa abends im Parterre die Fensterläden zu schließen, was er sonst nur im tiefsten Winter tat. Und gleich nächste Woche ein paar Bewegungsmelder zu installieren. Auch wenn ihm selbst bei längerem Nachdenken niemand einfiel, der es auf ihn abgesehen haben könnte.

2

„Es ist doch erwiesen, dass die meisten Morde gar nicht aufgeklärt werden, weil sie von den Bullen, pardon, der Polizei, als solche erst gar nicht erkannt werden!“ Der blondgelockte Mann zeigte mit der Messerspitze auf Gruber, der ihm das Teil am liebsten sonst wohin gerammt hätte. „Gibt Ihnen das nicht zu denken?“

Gruber zuckte mit den Schultern. „Wir tun, was wir können. Woher wollen Sie das überhaupt so genau wissen?“

„Habe da gerade ein Buch drüber gelesen. Einfach schrecklich, wie da geschlampt wird. Bei der Polizei, bei den Ärzten, die den Totenschein ausstellen, bei den lieben Angehörigen, die nicht glauben wollen, dass einer von ihnen ein Mörder sein könnte, eigentlich bei allen, die daran beteiligt sind.“

„Jetzt beruhige dich“, sagte Evi und tätschelte den Arm des Blonden, den sie Gruber als ihren neuen Freund vorgestellt hatte. Name: Gerhard Richter, von Beruf Immobilienmakler.

„Ich sag doch nur, wie es ist.“

„Ja, schon. Aber das ist vielleicht in Großstädten so, aber doch nicht hier auf dem Land.“

„Gerade hier auf dem Land“, widersprach Richter erneut im Brustton der Überzeugung, „wo es noch jede Menge alter, seniler Hausärzte gibt, die den Angehörigen zuliebe alles schnell und ungeprüft hinter sich bringen wollen."

„Sie meinen also, wir sollten systematisch jeden Todesfall überprüfen?", fragte Gruber. „Jede Leiche obduzieren lassen, jeden befragen, der von der Sache profitiert, und so weiter?"

„Ja. Warum nicht?"

„Schwachsinn …"

Grubers Gedanken schweiften ab. Ihm war längst klar, dass er die Einladung hätte ausschlagen sollen, dass er besser in die Berge gefahren wäre und dort eine kleine Wanderung unternommen hätte. Andererseits hatte er gehofft, dass ihn dieses Essen mit seiner Exfrau und ihrem neuen Liebhaber ablenken würde. Zumal Evi im Lauf der Jahre ein paar ganz interessante Typen angeschleppt hatte. Auch wenn er ziemlich genau wusste, wie sich die Sache nun weiterentwickeln würde. Und vor allem, wie sie enden würde. In ein paar Wochen, wenn die zwei ihren ersten Krach gehabt hätten, würde Evi ihn anrufen und nach seiner Meinung fragen. Würde sie alles vor ihm ausbreiten und wissen wollen, was er davon halten würde, was er als Mann dazu sagen könne. Schließlich sei er als Polizeibeamter wie kein Zweiter dafür geeignet, das Verhalten anderer Menschen zu beurteilen. Und war die Affäre dann endgültig vorbei, würde sie sich erst bei ihm ausheulen und ihn dann mit Vorwürfen bombardieren. Dass letztendlich alles seine Schuld sei, weil er immer nur an sich und seinen blöden Beruf gedacht habe, bla, bla, bla.

Er schob seinen Teller mit den Resten des Wiener Schnitzels zurück, wischte sich mit der Serviette sorgfältig den Mund ab und trank einen Schluck Bier. Obwohl er mittlerweile überzeugt davon war, dass sich ein ganz normaler Einbrecher in seinem Garten herumgetrieben hatte und niemand, der ihm persönlich ans Leder wollte, ertappte er sich dabei, wie er die anderen Gäste der Reihe nach argwöhnisch musterte. Wie er nach jemandem Ausschau hielt, der nicht hierher passte, der keinen Anschluss hatte an all die Paare und Grüppchen, die sich ringsum zum Mittagessen eingefunden hatten. Da, saß dort hinten am Ende der Terrasse nicht ein junger Mann allein am Tisch? Er reckte den Hals, doch nur, um gleich darauf zu beobachten, wie die Bedienung den Mann im Vorbeigehen freundlich anlächelte und ein paar Worte mit ihm wechselte. Hör auf damit, sagte er sich. Mach dir wegen diesem Blödmann von Einbrecher doch nicht ins Hemd.

Seine Exfrau tippte ihm auf die Schulter. „Hallo, wir reden mit dir …“

„Entschuldige bitte." Gruber griff erneut zum Bierglas und konzentrierte sich wieder auf Evi und diesen Herrn Richter. Nahm sich erst jetzt die Zeit, sich den Mann eingehender anzuschauen. Sein Gegenüber war vielleicht Ende Vierzig, also ein gutes Stück jünger als Evi, hatte ein grobflächiges Gesicht und machte auf Gruber einen insgesamt leicht verbissenen Eindruck. Als müsse er sich und anderen ständig etwas beweisen. Nicht unbedingt der Typ, dem er vertrauensselig ein Haus oder eine Wohnung abkaufen würde. Und dann noch das weiße Hemd mit Krawatte. Einfach lächerlich. Ein Streber oder Betrüger, und garantiert Evis nächster Reinfall.

„Wir sprachen gerade davon, dass dieser Schweinehund Hauser, den du vor zwei Jahren geschnappt hast, vor kurzem an einem Herzinfarkt gestorben ist", sagte Evi mit einem Anflug von Stolz in ihrer Stimme.

Gruber nickte. „Ja. Viel zu früh, wenn ihr mich fragt."

„Das finde ich auch. Aber bis Sie diesem Kerl endlich auf die Schliche gekommen sind, das hat aber auch gedauert", mischte sich Richter wieder ein. „Hätte man da nicht mehr Druck machen müssen?"

„Wir haben getan, was wir konnten", erwiderte Gruber zunehmend gereizt. „Aber wenn man null

Anhaltspunkte hat, kann man auch keinen Druck ausüben ..." „Immerhin haben wir eines der Mädchen retten können", fügte er nach einer Pause hinzu.

„Eines von dreien, wohlgemerkt."

„Jetzt seid friedlich, ihr zwei", sagte Evi und tätschelte Richters Hand. „Wenn man's den Leuten ansehen könnte, was für Gemeinheiten sie im Sinn haben, wäre es einfach."

„Was ist eigentlich aus seiner Frau geworden, nachdem man ihr das Haus abgefackelt hat?", fragte Richter dennoch ungerührt weiter.

Ein Blick von Evi sagte Gruber, dass er besser antworten sollte. „Keine Ahnung", erwiderte er. „Ausgezogen war sie zum Glück ja schon früher."

„Eigentlich unglaublich, dass die von nichts gewusst haben will, finden Sie nicht auch?"

„Wir konnten ihr nicht das Gegenteil beweisen. Und ..."

Grubers Handy klingelte. Er kramte den Apparat aus der Jackentasche, stand auf und ging ein paar Schritte in Richtung Parkplatz.

Es war Ulrike Bischoff, seine Kollegin. Die an diesem Sonntag dem neu eingerichteten Kriminaldauerdienst zugeteilt war.

„Tut mir leid, dich schon wieder am Sonntag stören zu müssen, aber wir brauchen dich", sagte sie in ihrer hastigen Art. „Der Ostermayer ist schon wieder ausgefallen. Hat angeblich Symptome einer Grippe und möchte niemanden anstecken."

„Schon gut. Um was geht es?"

„Wir haben einen Toten hier. In einem Haus am Stadtrand von Trostberg. Einen neunundfünfzigjährigen Mann. Ist anscheinend auf der Treppe gestürzt und hat sich dabei einen Schädelbruch zugezogen."

„Einfach so?"

„Na ja, mit größter Wahrscheinlichkeit war er stockbesoffen dabei."

„Hm, und wer hat ihn gefunden?"

„Seine Schwester …"

„Heißt das, er hat allein gelebt?"

„Ja."

„Und was soll ich da jetzt machen? Ist irgendetwas ungewöhnlich an seinem Tod?"

„Ich weiß nicht. Eigentlich nicht. Ich dachte nur …"

„Okay", unterbrach Gruber. „Bin schon unterwegs."

Bischoff gab Gruber noch die Adresse durch, und weg war sie. Gruber steckte das Handy ein, ging zurück zum Tisch und holte seine Brieftasche hervor. „Ich muss weg", sagte er. Erleichtert, aber auch ein wenig beschämt darüber, dass es ihm lieber war, sich mit einem Todesfall beschäftigen zu müssen als dieses Gespräch hier fortzusetzen.

„Eine Leiche?“, fragte Richter dann auch gleich mit vollem Mund. „Ein Mord? Wo denn?“

„Lesen Sie morgen die Zeitung“, erwiderte Gruber, „dann wissen Sie's“.

3

Der Tote, vom Arzt bereits bis auf die Unterhose entkleidet, lag gleich hinter der Haustür im Flur, am Fuß der abgenutzten Holztreppe, die ins Obergeschoss führte. Er lag auf dem Rücken, die Beine noch halb auf der Treppe, Oberkörper und Kopf auf dem Boden. Unter seinem Hinterkopf hatte sich eine kleine, mittlerweile schwarz gefärbte Blutlache gebildet, sonst waren keine äußeren Verletzungen an ihm zu entdecken. Gruber ging neben der Leiche in die Hocke und wunderte sich. Auch wenn der Tod schon seine Spuren hinterlassen hatte, hätte man glauben können, vor ihm läge ein alter, verbrauchter Mann. Und nicht jemand in seinem Alter. Alles, von den Zähnen einmal abgesehen, schien in höchstem Maße vernachlässigt. Das Gesicht aufgedunsen und fleckig, die Arme und Beine dünn und untrainiert, der Bauch gewaltig.

Gruber erhob sich wieder und versuchte, sich den möglichen Ablauf vorzustellen, ohne dabei voreilige Schlüsse zu ziehen. Auf den ersten Blick sah es ganz so aus, als wäre der Mann auf halber Treppe ins Stolpern geraten oder ausgerutscht, anschließend gestürzt und dabei mit dem Hinterkopf aufgeschlagen. Alles so banal wie ausnahmsweise tödlich. Gegen einen Raubüberfall sprach jedenfalls, dass er noch seine Uhr trug, eine alte Patek Philippe, die etliche tausend, wenn nicht gar zehntausend und mehr Euro wert war, wie Gruber schätzte. Und auch die goldene Halskette schien einiges gekostet zu haben. Er wollte gerade den Arzt, der vor der Tür stand und eine Zigarette rauchte, nach dessen Einschätzung fragen, als aus einem der hinteren Zimmer im Erdgeschoss heftiges Hundegebell erklang.

„Sein Hund Wotan“, erklärte der Arzt, ein beleibter, mürrisch wirkender Endvierziger mit Hornbrille und ungesunder Gesichtshaut. „Ansonsten ein liebes Tier, aber heute hätte er mich fast gebissen.“

„Sie haben Herrn Neumann gekannt?“

„Ich war zufällig auch sein Hausarzt. Und allein in dieser Eigenschaft kann ich Ihnen versichern, dass mich das hier nicht sonderlich überrascht hat.“

„Er war Alkoholiker, richtig?“

Der Arzt nickte nur.

„Wann ungefähr ist es passiert, Ihrer Einschätzung nach?“, fragte Gruber.

Der Arzt drückte seine Zigarette an der Hauswand aus. „Vor zwölf, maximal vierzehn Stunden, würde ich sagen.“

Das Gebell stoppte, gleichzeitig trat Bischoff aus einem Zimmer am Ende des Flurs und kam zu ihnen heran. Gruber drängte sich am Arzt und der Leiche vorbei und folgte Bischoff in einen Raum, der wohl das Wohnzimmer darstellte, mit Fernseher, Hi-Fi-Anlage, Polstergarnitur und einem runden Holztisch, auf dem jede Menge Bier- und Weinflaschen sowie etliche Gläser herumstanden, dazu Reste von Fastfood und ein randvoll gefüllter Aschenbecher. Auf dem Sofa saß eine dunkelhaarige, ziemlich schwergewichtige Frau um die Fünfzig mit geröteten Augen und einem Taschentuch vor der Nase. Doch was Gruber noch mehr ins Auge fiel, war die riesige Plattensammlung, die ein ganzes Wandregal füllte. Was für eine Schande, dachte er, so ein Schatz in dieser verkommenen Bude.

„Frau Erika Neumann“, erklärte Bischoff. „Sie hat Ihren Bruder gefunden …“

„Mein Beileid“, sagte Gruber.

Die Frau nickte nur und versteckte sich dann wieder hinter ihrem Taschentuch.

„Was meinst du?“, fragte Bischoff mit gedämpfter Stimme. „Sollen wir die Spurensicherung verständigen?“

Gruber blickte zum Tisch. „Er hatte kürzlich wohl jede Menge Besuch, wie?“, sagte er.

„Ich bin vorerst auf drei Personen gekommen. Eine davon weiblich …“

„Aber es gibt keine Anzeichen für eine Auseinandersetzung, wie es scheint, oder?“

Bischoff schüttelte den Kopf. „Eigentlich nicht.“

„Das wird sie umbringen“, sagte Frau Neumann unvermutet, ohne die beiden Polizisten dabei anzusehen.

„Wie bitte?“, fragte Gruber.

„Unsere Tante. Wir wollten sie heute Nachmittag besuchen, im Altersheim. Sie hat heute Geburtstag. Deswegen bin ich ja auch hergekommen. Um ihn abzuholen.“

„Und wie sind Sie ins Haus gekommen?“

„Ich habe einen Schlüssel. Es ist unser Elternhaus …“

„Ach so. Aber Ihr Bruder hat alleine hier gewohnt?“

„Ja.“

„Und Sie wohnen …?“

„In Taching. Mir gehört da eine Pension.“

„Hm, halten Sie es für möglich, dass Ihr Bruder und sein Besuch Streit hatten? Ich meine, ist so etwas schon mal vorgekommen?“

„Kann ich mir nicht vorstellen. Er war der friedlichste Mensch, den ich kenne …“

„Verstehe. Was hat er denn beruflich gemacht?“

Die Frage schien die Frau zu verwirren. „Eigentlich alles Mögliche“, erwiderte sie nach einer Pause. „Jedenfalls früher mal. Da war er auch viel unterwegs, auch im Ausland …“ Die Frau verstummte und putzte sich ausgiebig die Nase.

„Und hier bei uns?“, fragte Bischoff. „Ich meine, von irgendetwas muss er auch hier gelebt haben. Zumal er nicht unbedingt schlecht gelebt hat, wie es den Anschein hat.“

„Er war mal eine Zeitlang Versicherungsvertreter. Und ab und zu hat er auch als Taxifahrer gejobbt, glaube ich.“

Gruber nickte. „Also hatte er in der letzten Zeit keinen festen Arbeitsplatz?“

„Nein.“

„Also, was machen wir?“, fragte ihn Bischoff.

Bevor Gruber antworten konnte, trat der Arzt ins Zimmer. „Brauchen Sie mich noch?“

„Nicht unbedingt“, erwiderte Gruber. „Aber wenn Sie sein Hausarzt waren, wissen Sie dann zufällig auch etwas über seine Gewohnheiten. Freunde, Bekannte und so?“

„Er war wohl häufig in einem Lokal in der Hauptstraße“, sagte der Arzt. „Aber wer seine Freunde waren, tut mir leid, das weiß ich nicht.“

4

„Der Manni tot?" Der Kneipenwirt blickte Gruber ungläubig an. Er war ein drahtiger Mann um die dreißig mit bereits ausgeprägter Stirnglatze und kleinen, dunklen Augen. Bei Grubers Eintreffen war er gerade damit beschäftigt gewesen, den Boden der Kneipe aufzuwischen.

„Und wie ist das passiert, wenn ich fragen darf?"

„So wie es aussieht, ist er reichlich alkoholisiert auf der Treppe gestürzt und hat sich dabei den Kopf eingeschlagen."

„Oh Scheiße, Mann."

Der Kneipenwirt zog seine gelben Plastikhandschuhe aus und warf sie auf den Tresen, stellte die Musik, irgendein Stück von Deep Purple, dessen Titel Gruber im Augenblick nicht einfallen wollte, leiser und griff nach einer Flasche mit Mineralwasser. Er gönnte sich einen kräftigen Schluck, rülpste ungeniert und stellte die Flasche dann zurück auf den Tresen.

„Auch was zu trinken?", fragte er. „Oder soll ich die Kaffeemaschine anwerfen?"

Gruber winkte ab. „Haben Sie ihn gut gekannt? Soviel ich gehört habe, war er Stammgast bei Ihnen?"

„Na ja, wie man's nimmt. Aber gut gekannt hat

ihn eigentlich keiner, würde ich mal sagen. Eigentlich war er ein ziemlich verschlossener Mensch. Umgänglich, das schon, auch wenn er stockbesoffen war. Aber im Grunde ein Einzelgänger."

„Und beruflich, was hat er da so gemacht?"

„Gute Frage. Er hat sich mal als Privatier bezeichnet ..."

„So, so. Aber ein paar Freunde oder Bekannte muss er doch gehabt haben. Seine Schwester konnte uns jedenfalls nicht weiterhelfen."

„Ach die?" Der Kneipenwirt verzog verächtlich das Gesicht.

„Die?", wiederholte Gruber verwundert.

„Die wollte ihn doch schon mal entmündigen lassen, vor ein paar Jahren, als er mal 'ne ziemlich schlimme Zeit durchgemacht hat. Außerdem hatten sie dauernd Streit, soviel ich weiß. Wegen dem Haus. Oder besser gesagt, wegen dem Grundstück. Ein echtes Miststück, hat der Manni mal gemeint."

„Interessant."

Der Kneipenwirt steckte sich eine Zigarette an und kratzte sich am Kopf. „Wenn er nur besoffen die Treppe runtergefallen ist, was hat dann die Kriminalpolizei damit zu schaffen?"

„Reine Routine ..."

„Der Satz kommt mir irgendwie bekannt vor."

Gruber ging nicht auf die Bemerkung ein. „War

Herr Neumann gestern Abend auch hier?“, fragte er stattdessen.

„So bis elf, ja …“

„Und, ist er allein weg?“

Der Kneipenwirt zögerte kurz. „Kann ich so genau nicht mehr sagen“, erwiderte er schließlich, ohne Gruber dabei anzuschauen.

„Können Sie nicht, oder wollen Sie nicht?“

„Hören Sie, ich möchte da niemanden reinreiten …“

„Sie reiten höchstens sich selbst rein, wenn Sie mir etwas verschweigen. Und herausfinden werden wir es so oder so. Also?“

„Er ist mit den Bergers weg, einem Ehepaar hier aus der Stadt, und einem Typen, den ich nicht kenne. War erst zwei oder drei Mal hier.“

„Und was sind das für Leute, diese Bergers?“

„Junkies, wenn Sie es genau wissen wollen. Aber immerhin noch arbeitsfähig. Haben beide einen richtigen Job. Und sogar eine schöne Bleibe, wenn sie was dafür tun würden.“

„Und wo sind sie zu finden?“

„Gleich außerhalb der Stadt.“ Der Wirt gab Gruber die Adresse.

„Okay. Ich werde mit den beiden reden. Noch eine letzte Frage: Hatte Neumann eine Freundin?“

„Nicht hier in Trostberg, das wüsste ich. Aber

ich glaube, er hatte da in Salzburg was laufen. Aber ich habe die Dame nie kennengelernt. Und er hat auch nie darüber gesprochen. Jedenfalls nicht mit mir."

Gruber wandte sich zum Gehen. „Okay, haben Sie besten Dank."

5

Gruber sah wortlos zu, wie Neumanns Leiche in den Leichenwagen verladen wurde, wartete ab, bis der Wagen abgefahren war, und ging dann zum Haus. Er trat ein, darauf bedacht, nicht auf das Handtuch zu treten, das die Blutpfütze abdeckte. Im Flur kam ihm Neumanns Schwester entgegen, mit verheultem Gesicht, verrutschter Bluse und augenscheinlich im Begriff aufzubrechen. Gruber entschied, sie vorerst nicht nach ihrem Verhältnis zu dem Toten zu befragen. Erst wollte er wissen, wie Neumanns letzte Stunden verlaufen waren. Dann würde er der gnädigen Frau, die möglicherweise gar nicht so zufällig aufgekreuzt war, auf den Zahn fühlen.

„Ihre Kollegin hat gesagt, ich kann gehen", sagte die Frau zu Gruber.

„Natürlich", erwiderte Gruber.

Die Frau verschwand zur Tür hinaus, und Gruber ging weiter ins Wohnzimmer, doch von Bischoff keine Spur. Auch nicht in der Küche, in der ein ähnliches Chaos herrschte wie im Wohnzimmer, und auch nicht im geräumigen Badezimmer, in dem Wotan, ein schöner, schwarzbrauner Schäferhundmischling, an die Armaturen der Badewanne angeleint war und Gruber mit traurigen

Augen leise knurrend anstarrte. Gruber verzichtete darauf, sich mit dem Hund näher bekannt zu machen, murmelte nur „braves Tierchen“ und ging wieder hinaus. Er wollte gerade nach Bischoff rufen, als er aus dem Obergeschoss Trittgeräusche hörte. Er stieg die Treppe hinauf und fand seine Kollegin in Neumanns Schlafzimmer, mit einer schwerkalibrigen Pistole in der Hand.

„Habe ich in seinem Nachtschrank entdeckt“, erklärte sie. „Zusammen mit einem Tütchen Kokain, ein paar Klumpen Haschisch und etwa tausend Euro in bar.“

„Schau an, schau an“, murmelte Gruber.

„Und in der Garage steht übrigens ein neuer Sportwagen. Crossfire oder so, heißt das Modell. Etwas ungewöhnlich für einen arbeitslosen Gelegenheitstaxifahrer, findest du nicht?“

„Allerdings.“

„Und hier, schau mal …“ Sie legte die Pistole auf den Nachttisch, griff hinter sich in ein Regal und hielt Gruber eine Pappschachtel randvoll mit Fotos unter die Nase. „Wenn er selbst überall dort war, wo diese Fotos gemacht wurden, dann gibt es wohl nicht viele Punkte auf der Welt, wo er nicht war.“

„Auf diese Weise macht doch heute kein Mensch mehr Fotos …“, entgegnete Gruber.

„Sind auch alles ältere Aufnahmen, aus den achtziger und neunziger Jahren. Im Schrank sind übrigens noch mehr Schachteln davon."

Gruber sah sich ein paar der Fotos an. Eines zeigte eine Stadtansicht von New York City, noch mit dem World Trade Center im Hintergrund. Auf der Rückseite stand das Datum: 25.02.95. „Warten wir ab, bis wir seine Kontoauszüge gesehen haben", sagte er dann. „Und vor allem, bis wir mit seiner Bank gesprochen haben. Vielleicht gehört das alles hier längst der Bank. Wäre nicht das erste Mal."

„Stimmt auch wieder. Und bei dir?"

Gruber erzählte ihr, was er von dem Kneipenwirt erfahren hatte.

„Das heißt, jetzt müssen wir der Sache doch auf den Grund gehen", folgerte Bischoff daraus.

„Sieht ganz so aus. Hast du zufällig auch so etwas wie ein Adressbuch entdeckt?"

„Nein. Aber vielleicht in seiner Jacke …"

„Hat seine Schwester eigentlich gesagt, wo sie so dringend hin musste? Eigentlich sollte man meinen, dass sie sich weiter um alles kümmert."

„Sie hat gesagt, sie würde es nicht mehr aushalten und käme später wieder her."

Sie stiegen die Treppe wieder hinab, und stießen auf eine dickliche, sonntäglich gekleidete Frau so um die sechzig mit Mantel und Hütchen, die mit entsetztem Gesichtsausdruck auf das Handtuch starrte.

„Was machen Sie hier, wer sind Sie?", fragte Bischoff.

Die Frau fuhr hoch, die rechte Hand vor das Gesicht geschlagen. „Stimmt das wirklich, das mit dem Manni? Dass er tot ist? Auf der Treppe ausgerutscht?"

„Ja …", erwiderte Bischoff.

„Na, so ein Unglück. So ein netter Kerl." Die Frau holte tief Luft und sagte: „Mein Name ist Podolski. Gerda Podolski. Ich wohne gleich ein paar Häuser weiter. Ich habe für den Manni geputzt und hin und wieder auch gekocht."

„Aha. Könnten Sie sich vielleicht um seinen Hund kümmern?", sagte Gruber. „Wir haben ihn vorerst ins Badezimmer gesperrt."

„Ja, klar. Mei, der arme Wotan …" Die Frau wischte sich über den Mantel und blickte sich unschlüssig um. „Kann ich sonst noch was tun?"

„Gibt es jemanden, den wir verständigen sollten. Eine Freundin vielleicht?"

Frau Podolski schüttelte den Kopf. „Von einer Freundin weiß ich nichts …"

„Oder sonst jemanden, der ihm nahestand?", fragte Bischoff.

„Er hat noch eine Schwester, in Taching …"

„Von der wissen wir schon. Also, bis später dann."

Die Frau ging weiter, leise vor sich hin murmelnd, und verschwand im Badezimmer. Gruber und Bischoff griffen in die Taschen der paar Jacken und Mäntel, die im Flur aufgereiht an der Garderobe hingen, und es war Bischoff, die aus einer abgewetzten Lederjacke ein schon arg zerfleddertes Notizbuch zum Vorschein brachte. Sie gingen damit vor das Haus und Bischoff blätterte das Buch flüchtig durch. Dicht beschrieben, waren etliche hundert Namen und Telefonnummern darin verzeichnet, anfangs halbwegs alphabetisch sortiert, viele davon jedoch durchgestrichen.

„Für einen Einzelgänger ohne Job und Freunde war sein Bekanntenkreis aber nicht gerade klein", merkte Bischoff an. „Wenn wir die alle überprüfen müssen …"

Gruber nickte nur.

„Fällt dir auch auf, was mir auffällt?", fragte sie weiter.

„Die meisten Einträge auf den letzten paar Seiten haben mit Salzburg oder Österreich zu tun", erwiderte Gruber. „Ganz so, wie dieser Wirt gesagt hat."

„Braver Polizist. Ihnen entgeht einfach nichts."

Gruber und Bischoff blickten sich an. „Was

meinst du?“, fragte sie. „Könnte unser Freund so was wie ein Dealer gewesen sein? Oder war er sonst wie in krumme Dinger verwickelt?“

„Fragen wir doch seine Freunde, diese Bergers …“

6

Die vom Kneipenwirt angegebene Adresse lag keinen halben Kilometer entfernt und entpuppte sich als ein kleines Bauernhaus mit etlichen Nebengebäuden, das auf Gruber einen ziemlich trostlosen Eindruck machte. Überall bröckelte der Putz, ein paar der Fensterläden hingen schief und zwei Fenster im Parterre waren mit Brettern vernagelt. Im Hof standen drei Fahrzeuge: ein verbeulter Transporter der Marke Bedford, ein alter, verdreckter VW-Polo und ein blitzblanker BMW mit Münchner Kennzeichen. Zu sehen war niemand, nur ein paar Hühner standen leise gackernd in einer Ecke zusammen und genossen die Maisonne. Gruber und Bischoff stiegen aus und blickten sich forschend um.

„Scheint so, als hätten sie Besuch", merkte Bischoff mit Blick auf den BMW an.

Gruber nickte nur. Er ging voran zur offenstehenden Haustür, in der plötzlich ein junger, reichlich ungepflegter Mann mit Pferdeschwanz erschien und ihm mit feindseliger Miene den Weg verstellte.

„Herr Berger?", fragte Gruber.

„Und wer sind Sie?", kam es zurück.

„Kriminalpolizei Traunstein. Mein Name ist Gruber und das hier ist meine Kollegin Bischoff."

„Und was wollen Sie?"

„Sie kurz mal sprechen, vorausgesetzt, Sie sind Herr Berger. Sie und Ihre Gattin, wenn möglich."

„Und wieso?"

„Lassen Sie uns doch erst mal eintreten, ja?", erwiderte Gruber geduldig. „Dann erfahren Sie alles Nötige."

Der Mann zögerte kurz, trat dann einen Schritt vor und zog die Haustür hinter sich zu. „Erst sagen Sie mir, um was es geht?"

Gruber lächelte falsch. „Jedenfalls nicht um eventuelle Drogengeschäfte, die Sie da drin vielleicht gerade abwickeln."

Der Mann zuckte nur leicht zusammen, blieb aber stumm.

„Okay", sagte Gruber. „Um es kurz zu machen: Herr Neumann ist letzte Nacht zu Tode gekommen, und nachdem Sie beide zuletzt mit ihm zusammen waren, würden wir gerne Genaueres wissen."

„Der Manni tot?" Der Mann blickte Gruber ebenso verwirrt an wie der Kneipenwirt.

„Allerdings", erwiderte Gruber.

„Und wie?"

„Wir hatten gehofft, das könnten wir vielleicht von Ihnen erfahren. Sie beide und eine dritte Person waren gestern Nacht doch bei ihm Zuhause und haben es sich dabei recht gut gehen lassen, wie es scheint?"

„Wer sagt das?“

„Mir reicht es jetzt“, sagte Bischoff und holte ihr Handy hervor. „Ich rufe jetzt die Kollegen und dann stellen wir die Bude hier auf den Kopf. Und zwar gewaltig …“

„Okay, okay.“ Der Mann hob beschwichtigend die Hände. „Als wir weg sind, war er noch am Leben. Vielleicht mit zwei bis drei Promille im Blut, aber sonst völlig in Ordnung.“

„Das will ich Ihnen vorerst gerne glauben“, sagte Gruber. „Aber wenn wir schon mal hier sind, würden wir auch gerne mit Ihrer Frau reden. Und auch wissen, wer die dritte Person war.“

Berger warf einen nervösen Blick in die Runde. „Von dem weiß ich nicht mal den Namen. Er hat nur gesagt, er würde in einem Sportgeschäft in Traunstein als Verkäufer arbeiten.“

Gruber horchte auf. „Und wie sieht er aus? Beschreiben Sie ihn doch mal …“

„Ein knochiger Kerl. Ziemlich groß, gut einsneunzig, würde ich sagen. Ende Zwanzig vielleicht, aber noch mit Pickeln im Gesicht. Und ziemlich geschwätzig.“

„Interessant. Und Sie drei haben Neumanns Wohnung gemeinsam verlassen?“

Berger nickte heftig. „Ja. So gegen eins. Meine Frau und ich sind zu Fuß nach Hause, und der Typ ist zu seinem Wagen, den er irgendwo in der Stadt geparkt hatte."

„Und es gab keinen Streit?"

Berger schüttelte vehement den Kopf. „Nee, echt nicht. Wir haben ein bisschen gekifft, ein paar Flaschen Wein geleert und das war's dann, ehrlich."

Gruber und Bischoff wechselten einen Blick.

„Kennen Sie andere Freunde von ihm? In Salzburg vielleicht?", fragte Bischoff.

Berger schüttelte erneut den Kopf.

„Gut, wir lassen von uns hören", sagte Gruber. „Sie halten sich jedenfalls zur Verfügung."

Gruber und Bischoff wandten sich ab und gingen zu ihrem Wagen zurück. „Bin gespannt, was die Kollegen mit dem Kennzeichen von dem BMW anfangen können", sagte Bischoff, nachdem Gruber losgefahren war. Gruber brummte nur.

„Ist was?", fragte Bischoff.

„Schon möglich", erwiderte Gruber. „Ich habe einen Cousin, der in Traunstein als Verkäufer in einem Sportartikelgeschäft arbeitet. Und genau der Beschreibung entspricht ... Der Günther."

„Oh. Und jetzt?"

Gruber zuckte mit den Schultern. „Soll mich nicht daran hindern, ihm auf den Zahn zu fühlen."

„Weißt du auch, wo er wohnt?"

„Ich nicht, aber meine Exfrau ganz bestimmt."

7

Gruber blieb neben seinem Wagen stehen und wartete, bis Bischoff aus ihrem Roadster ausgestiegen und herangekommen war. Dann gingen sie die paar Schritte vor zu der Spielhalle, die ihnen Günthers Nachbar als bevorzugten Aufenthaltsort Günthers in Traunstein angegeben hatte. Gruber stieß die Tür auf und sie betraten die Halle, die so gut wie leer war. Lediglich zwei jüngere Männer standen in einer Ecke vor einem Spielautomaten und unterhielten sich leise in einer Sprache, die Gruber nicht verstand. Die beiden schenkten den Beamten absolut keine Aufmerksamkeit. Gruber und Bischoff machten kehrt und traten wieder auf den Gehsteig.

„Und jetzt?", fragte Bischoff. „Fahren wir nochmals zu ihm nach Hause?"

„Nicht unbedingt", erwiderte Gruber und deutete die Straße runter in Richtung Maxplatz, wo ein schlaksiger, hochgewachsener Mann eben die Fahrbahn überquerte und nun auf sie zukam. „Ich glaube, da kommt er gerade." Dann zog er sich rasch in die Nische vor dem Eingang der Spielhalle zurück.

„Was macht er? Meinst du, er hat mich gesehen?", fragte er.

„Schwer zu sagen", erwiderte Bischoff. „Er steht

jetzt vor dem Tschiboladen und steckt sich eine Zigarette an."

„Hm ..."

„Jetzt schaut er ein bisschen auffällig auf die Uhr, kratzt sich am Ohr ... und geht zurück."

„Dann mal los."

Gruber und Bischoff setzten sich in Bewegung. Beim Passieren des Zebrastreifens, an dem sie vor knapp zwei Jahren Marion Hochstätter daran gehindert hatten, Gerhard Hauser abzustechen, verlangsamten sie für einige Sekunden ihre Schritte und blickten sich wissend an. Sie folgten Günther über den Maxplatz zum Stadtplatz, wo der Mann vor einer Eisdiele Halt machte, seine Kippe fallen ließ und mit dem Schuhabsatz ausdrückte und die Verkäuferin etwas fragte.

Er war gerade dabei, sich ein Eis zu bestellten, als Gruber ihm von der Seite auf die Schulter tippte. Günther zeigte sich leidlich überrascht und mühte sich ein Lächeln ab. „Mensch, Andreas, was machst du denn hier?", fragte er.

„Das wollte ich dich gerade fragen", erwiderte Gruber. „Warum bist du vor uns weggelaufen?"

„Wieso weggelaufen? Wie kommst du denn auf diese Idee?"

„Warst du vorhin nicht auf dem Weg in deine Spielhalle?"

Günther zuckte mit den Schultern. „Eigentlich schon. Hab's mir aber anders überlegt."

„Na schön, dann kauf dir dein Eis und dann setzen wir uns und reden." Gruber deutete auf die Tische auf der gegenüberliegenden Seite vom Gehsteig.

„Und über was? Habe ich irgendwas verbrochen, von dem ich nichts weiß?"

„Ich hoffe nicht." Gruber und Bischoff setzten sich an einen Tisch und warteten, bis Günther sein Eis erhalten und bei ihnen Platz genommen hatte.

„Also …?", fragte er. „Was steht an, Andreas?"

„Ich möchte nur eins wissen: wo du letzte Nacht warst?"

„Unterwegs. Wie immer Samstagnacht."

„Und dürfen wir auch erfahren, wo?", schaltete sich Bischoff ein.

„Meine Kollegin Bischoff", erklärte Gruber.

„Ich habe ein paar Kneipen abgeklappert, wie immer", sagte Günther. „Das ganz normale Programm …"

„Geht's vielleicht ein bisschen konkreter?", sagte Gruber, der langsam die Geduld verlor. „Welche Kneipen und vor allem, in welcher Stadt?"

„Trostberg …"

„Und wieso?", fragte Bischoff dazwischen. „Gibt es hier in Traunstein nicht genug Lokale?"

„Wie man's nimmt." Günther verschränkte die Arme vor der Brust und es war ihm anzusehen, wie er plötzlich auf Abwehr schaltete. „Okay, Andreas, jetzt mal Klartext bitte: Um was geht es?"

„Soviel wir wissen, warst du gestern Nacht so zwischen elf und eins im Haus von einem gewissen Manfred Neumann und hast dort mit Neumann und zwei weiteren Personen gezecht und Joints geraucht ..."

Günther nickte. „Ja, stimmt. Wollt ihr mich deswegen vielleicht hopsnehmen oder was? Das ist doch lächerlich."

„Neumann ist tot", sagte Bischoff.

„Was?" Günther hörte auf, sein Eis zu löffeln, und blickte Gruber erschrocken an. „Wie denn?"

„Auf der Treppe gestürzt", ergänzte Gruber. „Die Frage ist nur, während oder nach eurem Gelage?"

Günther schüttelte den Kopf und machte sich wieder über sein Eis her. „Als ich weg bin, war er putzmunter. Na ja, putzmunter ist vielleicht etwas übertrieben, aber jedenfalls war er noch am Leben. Wie ist es denn genau passiert?"

„Das untersuchen wir noch ..."

„War er gleich tot?"

„Vermutlich ja ... Halt dich auf alle Fälle zur Verfügung, hörst du."

Günther nickte nur.

Gruber und Bischoff standen auf und gingen den Weg zurück, den sie gekommen waren.

„Groß erschüttert wirkte er nicht gerade auf mich …“, sagte Bischoff.

„Ging mir genauso. Aber wenn es stimmt, was er sagt, hat er ihn ja kaum gekannt.“

„Und jetzt?“

Gruber zögerte kurz. Sollte er Bischoff von seinem morgendlichen Schatten erzählen. Lieber nicht, sagte er sich dann. Aber nach Hause fahren wollte er

auch nicht.

„Ich fahre ins Büro und mache gleich den Bericht fertig. Dann haben wir morgen Vormittag, wenn wir das Ergebnis der Obduktion erhalten haben, freie Hand.“

8

Gruber war nicht der Einzige, der sich an diesem Sonntagnachmittag ins Büro geflüchtet hatte. Er hatte kaum das Fenster geöffnet und an seinem Schreibtisch Platz genommen, als Oberstaatsanwältin Dr. Werner ihren Kopf durch die Tür steckte. Gruber winkte sie herein und erzählte ihr mit knappen Worten, was Sache war.

„Und was schließen Sie daraus?", fragte Dr. Werner.

Gruber lehnte sich zurück und spielte mit seinem Notizblock. „Was seinen Tod angeht, neige ich stark dazu, dass es ein Unfall war. Dafür spricht schon, dass es keinerlei Anzeichen für eine tätliche Auseinandersetzung gibt und augenscheinlich auch nichts geraubt wurde. Aber alles andere, die Pistole, das viele Bargeld, der neue Sportwagen, die Tatsache, dass er über kein reguläres Einkommen verfügt hat und doch auf relativ großem Fuß gelebt hat, das deutet doch stark darauf hin, dass er irgendwie Dreck am Stecken hatte."

„Dem er jetzt zum Opfer gefallen sein könnte", warf die Staatsanwältin ein.

„Möglich", gab Gruber zu. „Aber wie gesagt, dann hätte es doch sehr wahrscheinlich einen Kampf geben müssen. Und der oder die Täter hätten unmittelbar nach seinem Besuch bei ihm aufkreuzen müssen."

„Apropos Besuch. Immerhin sind zwei davon Junkies, wie Sie sagten. Und zu was die fähig sind, wissen Sie selbst am besten."

Gruber nickte. „Sicher. Und wir werden die beiden auch noch getrennt vernehmen, keine Sorge, aber im Augenblick halte ich dies nicht gerade für eine heiße Spur."

„Sie möchten also nur herausfinden, was eventuell hinter dem Ganzen steckt?"

„Zum Beispiel …"

„Und was schätzen Sie? Drogengeschäfte? Haben Sie schon mit den Kollegen gesprochen?"

„Noch nicht …" Gruber deutete auf Neumanns Adressbuch, das er auf dem Schreibtisch abgelegt hatte. „Aber es gibt da möglicherweise eine Verbindung nach Salzburg, der ich als Nächstes nachgehen werde."

Dr. Werner erhob sich. „Na dann, viel Erfolg. Kommen Sie nachher rüber auf einen Kaffee?"

„Gerne."

Dr. Werner verließ das Büro, und Gruber griff zum Telefonhörer. Zu seiner Überraschung hielt sich Edwin Schmidinger, der Chef der Salzburger Kriminalpolizei, ebenfalls in seinem Büro auf und war sofort für ihn zu sprechen.

„Herr Kollege, was kann ich für Sie tun an diesem herrlichen Nachmittag?“

„Ich hätte hier ein paar Telefonanschlüsse, die Sie für mich überprüfen könnten.“

„Verraten Sie mir auch, in welchem Zusammenhang?“

„Nichts Dramatisches, wie es vorläufig scheint. Wir haben hier nur einen Mann, der sich bei einem Treppensturz tödlich verletzt hat, aber möglicherweise ein Doppelleben geführt hat, möglicherweise mit ein paar guten Freunden in Salzburg.“

„Klingt spannend. Meine Faxnummer haben Sie, nehme ich an?“

„Ja …“

„Okay, ich werde mich sofort darum kümmern.“

Gruber bedankte sich, legte auf und blickte durch das offen stehende Fenster auf die Straße hinaus. Eigentlich fiel es nicht in sein Ressort, irgendwelchen Drogendealern nachzustellen, aber irgendwie wollte er sichergehen, dass Neumann tatsächlich durch einen Unfall ums Leben gekommen war. Die Bemerkung von diesem Herrn Richter ging ihm nicht aus dem Kopf. Denn es stimmte natürlich, dass ihnen wohl manche Mordtat entging, weil man sich mit dem Augenschein zufrieden gab. Und weil sonst nichts Dringliches anstand, könnte er sich auch mit dieser Geschichte genauer befassen.

9

Es war noch ziemlich hell, als Gruber nach Hause kam. Erschöpft und leicht unzufrieden mit sich selbst. Nachdem er den Peugeot in der Garage abgestellt hatte, ging er um das Haus herum und sah nach, ob alles so war, wie es sein sollte. Dann betrat er das Haus, die Hand am Griff seiner Heckler & Koch. Wie schon am Morgen, schaute er in alle Räume des Erdgeschosses und überprüfte die Fenster und die Glastür zum Garten hinaus. Zu seiner Erleichterung fand er nichts, was ihm irgendwie verdächtig vorgekommen wäre. Alles schien unverändert. Er trank in der Küche ein Glas Leitungswasser, wechselte Hose und Sakko gegen Jeans und eine leichte Freizeitjacke, und machte sich daran, das Waldstück hinter dem Haus zu erkunden. Er stieg über den Gartenzaun und folgte dem Waldkunstpfad, auf dem ein benachbarter Künstler Holzfiguren aus der Nibelungensage ausgestellt hatte. Aber nichts, auch nicht im Buschwerk entlang des Pfads. Nirgendwo Spuren oder gar eindeutige Hinweise wie die Reste eines Lagerplatzes, wo sein nächtlicher Besucher gecampt haben könnte. Nicht einmal irgendwelcher Müll wie Zigarettenschachteln oder Bonbonhüllen, den er einpacken und erkennungsdienstlich hätte überprüfen lassen können.

An der Baustelle mit der Abzweigung für die neue Umgehungsstraße machte er kehrt und lief quer über die Wiese zurück zum Ettendorfer Kircherl, wo er sich auf die Bank setzte und auf die Lichter der Stadt schaute. Ein Anblick, der ihn stets beruhigt und ihm neue Kraft verliehen hatte, selbst in den übelsten Zeiten, als ihre Suche nach den entführten Mädchen alles überschattet hatte und er sich fast schon nicht mehr getraut hatte zuzugeben, dass er Polizist und mit der Aufklärung betraut war. Doch an diesem Abend wollte sich dieser Effekt partout nicht einstellen. Er fühlte sich gestört und persönlich angegriffen, fast so, als hätte jemand gedroht, ihn umzubringen.

Wieder zuhause, schob er eine Pizza Quattro Stagioni in den Ofen, stellte sich anschließend unter die Dusche und genoss beim Fernsehen sein karges Mahl.

Kurz vor zehn klingelte sein Handy.

„Servus Andreas, ich hoffe, ich störe dich nicht?" Sein Kollege Schmidinger.

„Überhaupt nicht …"

„Also pass auf … Hast du die Nummern zur Hand?"

„Gleich. Einen Moment." Er hatte sowohl Neumanns Adressbuch als auch das Fax, das er Schmidinger geschickt hatte, entgegen den Vorschriften mit nach Hause genommen. „Okay, ich bin soweit."

„Gut, zum Ersten, dein Mann scheint so etwas wie ein regelmäßiger Puffbesucher gewesen zu sein. Sechs der Nummern gehören zu Nutten, zwei davon zu der Spezies, die sich auf besonderen Service spezialisiert hatt. Der übliche Schweinkram, du weißt schon: Ketten, Peitschen und diesen ganzen Scheiß."

„Und nicht gerade billig, schätze ich mal."

„Da hast du Recht. Da ist man pro Sitzung locker fünfhundert Euro und mehr los."

„Hast du zufällig schon mit einer der Damen gesprochen?"

„Ja. Ich habe mir den Spaß erlaubt, sie auf dem Heimweg zu beehren. Vorsichtshalber natürlich zusammen mit einer Kollegin. Du weißt ja, wie schnell man da in Schwierigkeiten kommen kann. Sie sagt, dass er reichlich Geld hatte und kaum über den Preis debattiert hat, aber was er beruflich macht oder wie er sonst dasteht, darüber hat er angeblich nie gesprochen."

„Verstehe ..."

„Aber pass auf, jetzt wird es interessant: Die anderen Anschlüsse gehören einem Typen, der sich früher mal für die Nummer Eins in Salzburg gehalten hatt: Peter Hofbauer. Jede Menge Schlägereien, eine davon mit Todesfolge, Drogen, Zuhälterei, Erpressung, die ganze Palette. Nach seinem letzten Aufenthalt in der JVA Stein macht er allerdings auf seriös und gibt an, ein professioneller Pokerspieler zu sein."

„Interessant. Und wäre der Herr auch zu sprechen?"

„Was hältst du davon, wenn wir ihm morgen einen kleinen Überraschungsbesuch abstatten?"

„Gute Idee. Sagen wir, so gegen Mittag?"

Gruber und Schmidinger wechselten noch ein paar belanglose Sätze, dann legte Gruber auf und wählte Bischoffs Nummer.

„Störe ich?"

„Jetzt eigentlich nicht mehr ..."

Gruber hatte unvermutet ein schlechtes Gewissen. Er hatte sich in letzter Zeit kaum Gedanken über Bischoffs Privatleben gemacht und angenommen, sie wäre nach wie vor Single und würde die Abende entweder im Fitness-Studio oder Zuhause vor dem Fernseher verbringen.

Er gab rasch weiter, was er soeben von Schmidinger erfahren hatte.

„Klingt noch reichlich vage", war ihre nicht gerade begeisterte Antwort. „Und jetzt?"

„Ich würde vorschlagen, wir besuchen morgen früh erst mal seine Schwester", lenkte Gruber ein. „Um neun bei mir, okay?"

„Alles klar. Gute Nacht."

Gruber legte das Handy weg, machte erneut einen Rundgang durch das Haus, und ging dann zu Bett. Mit der Heckler & Koch, durchgeladen und entsichert, neben sich auf dem Nachttisch.

10

„Das ist doch echt die Höhe!" Die Frau blickte Gruber mit zornigem Blick an. „Und Sie glauben dieses Geschwätz auch noch?"

„Was ich glaube oder nicht, tut hier nichts zur Sache", erwiderte Gruber geduldig. „Aber Tatsache ist nun mal, dass Sie alles erben werden, wenn sich keine andere Verfügung Ihres verstorbenen Bruders finden sollte. Sie sind also die Einzige, die von seinem Tod profitieren wird."

„Und, soll ich mich deswegen jetzt schämen?"

„Natürlich nicht. Aber Sie müssen auch verstehen, dass wir alle Ursachen für einen nicht natürlichen Tod ausschließen müssen."

„Womit wir schon bei Ihrem Alibi wären", sagte Bischoff. „Reine Routine, versteht sich."

„Ich war hier, wo sonst? Wo ich immer bin, Tag und Nacht …"

„Gibt es Zeugen dafür, speziell für vorgestern Nacht?", fragte Gruber.

Erika Neumann lächelte müde. „Schön wär's", sagte sie. „Aber da muss ich Sie leider enttäuschen."

„Sie haben keinen Freund?", hakte Bischoff nach.

„Niemand Bestimmten …" Sie deutete nun doch zum Küchentisch, auf dem sich noch allerhand Geschirr und Frühstücksreste befanden, und bat

Gruber und Bischoff, Platz zu nehmen. Sie setzte sich dazu, ohne ihnen etwas anzubieten und wirkte plötzlich leicht abwesend. Sie sagte: „Ich gebe ja zu, dass ich ihn öfter mal gedrängt habe, wenigstens das Grundstück nebenan zu verkaufen. Aber das hatte andere Gründe, sehr private Gründe."

„Und die wären?"

Die Frau stieß einen Seufzer aus. „Ich habe früh geheiratet und bin mit knapp zwanzig aus dem Haus", sagte sie dann. „Mit ein paar lausigen Tausend Mark als Aussteuer, mehr nicht. Ein paar Jahre später haben meine Eltern das Haus und die Grundstücke auf meinen Bruder überschrieben und auf Leibrente bei ihm gewohnt."

„Auf dem Land nicht gerade unüblich", bemerkte Gruber.

„Sicher. Aber der Punkt ist der: Die beiden waren praktisch bis zum letzten Tag ihres Lebens mehr oder weniger fit, jedenfalls nicht hilfs- oder gar pflegebedürftig. Mein Bruder hatte also kaum Umstände oder gar Scherereien wegen ihnen. Hat höchstens mal Chauffeur spielen oder sonst eine Kleinigkeit für sie erledigen müssen. Und hat trotzdem alles bekommen. Und ich bin leer ausgegangen."

„Das hätte aber auch anders für Ihren Bruder kommen können", warf Bischoff ein. „Jahrelange Pflege zum Beispiel ..."

Die Frau zuckte nur mit den Schultern.

Gruber machte eine Handbewegung zum Fenster hin. „Aber Sie haben doch die Pension hier. In bester Lage, hübsch und nett."

„Ja. Mit jeder Menge Arbeit, wie gesagt", erwiderte die Frau.

„Aber gut, kommen wir zum nächsten Punkt: Wir haben uns bei seiner Bank erkundigt und erfahren, dass er schuldenfrei war, keine Hypotheken oder ähnliches aufgenommen hat. Wissen Sie eigentlich, woher Ihr Bruder dann so viel Geld hatte?", fragte Gruber.

Die Frau schüttelte den Kopf. „Nicht so genau. Er hat mir vor Jahren mal erzählt, er hätte bei einem dieser Warentermingeschäfte alles auf eine Karte gesetzt und sich dadurch auf lange Zeit saniert."

„Was Sie ihm aber nicht geglaubt haben?"

„Nicht so ganz, ehrlich gesagt … Haben Sie ihn schon untersucht?"

„Ach ja", schaltete sich Bischoff ein. „Die Todesursache war eindeutig ein Schädelbruch, verbunden mit einer massiven inneren Blutung. Er dürfte vermutlich sofort bewusstlos gewesen sein. Zumal er einen Alkoholpegel von 2,94 Promille hatte."

„Heißt das, er ist nicht sofort gestorben? Dass er eine Chance gehabt hätte, wenn er sofort in ein Krankenhaus gekommen wäre?"

In der Kitteltasche der Frau klingelte ein Handy. Die Frau zog den Apparat heraus, entschuldigte sich bei den Beamten und ging ins Zimmer nebenan, wo sie dem Anrufer erklärte, dass sie gerade Besuch habe und später zurückrufen würde.

„Etwas anderes“, sagte Gruber, als die Frau zurück war. „Vorausgesetzt, Sie erben alles, was haben Sie dann eigentlich vor? Ich meine, mit seinen Sachen und so.“

„Auf dem Flohmarkt verkaufen. Wieso?“

„Nur so.“ Gruber nickte Bischoff zu. „Hast du noch Fragen?“

Bischoff schüttelte den Kopf, sie standen auf und gingen hinaus, wo neben ihrem Wagen ein dunkelblauer VW-Passat stand. Daneben ein Mann mittleren Alters und mit unscheinbarem Gesicht, der eben eine prall gefüllte Aktentasche vom Beifahrersitz hievte. Der Mann blickte Gruber erstaunt an.

„Herr Kommissar, was machen Sie denn hier?“

„Kennen wir uns?“, fragte Gruber, der seit der Sache mit Hauser immer wieder von wildfremden Leuten angesprochen wurde und dies leid war.

Der Mann streckte Gruber die Hand hin. „Prechtl, Gerichtsvollzieher“, sagte er.

„Gerichtsvollzieher!“, wiederholte Bischoff. „Wollen Sie etwa zu Frau Neumann?“

„Allerdings …“

„Nur wegen einer Kleinigkeit oder ist was Größeres im Busch?"

Prechtl zog bedeutungsvoll die Augenbrauen hoch. „Behalten Sie es für sich, ja, aber eine Zwangsversteigerung dürfte wohl nicht mehr aufzuhalten sein ..."

Gruber und Bischoff blickten sich erstaunt an.

„Und weswegen sind Sie hier, wenn ich fragen darf?"

„Ihr Bruder erlitt gestern in seinem Haus in Trostberg einen tödlichen Unfall. Es gab da noch ein paar offene Fragen ...", erwiderte Gruber.

„Ach ja, der böse Bruder, der auf seinem Geld sitzt."

„Sie wissen von der Geschichte?"

Prechtl nickte mit betrübter Miene. „Sie hat mehrere Male versucht, einen Aufschub zu erreichen mit dem Hinweis, dass sie über ihren Bruder Geld auftreiben könnte. Was aber nie funktioniert hat."

„Haben Sie auch mit Herrn Neumann selbst darüber gesprochen?"

Prechtl schüttelte den Kopf.

„Überprüf das mit ihrem Alibi", sagte Gruber zu Bischoff. „Vielleicht haben die Leute, die bei ihr wohnen, was mitbekommen. Ich fahre inzwischen nach Salzburg und höre mir an, was Kollege Schmidinger herausgefunden hat."

11

Gruber hatte Glück. Er fand direkt am Makartplatz einen Parkplatz und erreichte so mit wenigen Schritten das Café Bazar, wo er sich mit Edwin Schmidinger verabredet hatte. Schmidinger saß in einer Ecke, mit einer aufgeschlagenen Zeitung und einem Tablett mit Kaffee, Wasser und einem leergegessenen Kuchenteller vor sich. Bei Grubers Anblick sprang er auf, eilte ihm ein paar Meter entgegen und schüttelte ihm betont herzlich die Hand.

„Servus Andreas, freut mich wirklich, dich endlich mal wieder zu sehen."

„Hallo, Edwin. Danke, dass du gleich Zeit gehabt hast."

„Ist doch selbstverständlich ..."

Gruber musterte sein Gegenüber unauffällig. Schmidinger hatte sich seit ihrer letzten Begegnung vor knapp zwei Jahren kaum verändert. Dieselben Klamotten, Trachtenjoppe, kariertes Hemd und schwarze Flanellhose, das eisgraue Haar noch voll und straff nach hinten gekämmt, dasselbe joviale Lächeln, hinter dem sich, wie er wusste, ein knallharter Polizistenschädel verbarg. Auch wenn er eher einem Dorfbürgermeister ähnelte als einem gewieften Ermittler, mit dem nicht zu spaßen war. Immerhin hatte Schmidinger seit seinem Amtsantritt mächtig durchgegriffen und dafür gesorgt, dass die aus dem Osten kommenden Drogen- und Zuhälterbanden in Salzburg keine Chance hatten. Ein Erfolg, der nicht zuletzt darauf zurückzuführen war, dass er anfangs chronisch unterschätzt worden war und alle geglaubt hatten, hier sei ein kleines Licht durch Glück und politische Protektion versehentlich zu Amt und Würden gekommen.

„Und, wie geht's? Gut durchgekommen?"

Gruber setzte sich Schmidinger gegenüber und lächelte verhalten. „Eine Bekannte von mir hat mal gemeint, sie würde lieber nach Paris reinfahren als nach Salzburg. Da kann ich ihr nur zustimmen."

„Ja, ich weiß. Wird jedes Jahr schlimmer ... Was trinkst du, Kaffee oder ein Glas Wein?"

„Kaffee mit einem großen Glas Wasser, wenn's geht."

Gruber blickte sich um und begutachtete die neue Einrichtung, während Schmidinger bei einem befrackten Ober die Bestellung aufgab. Er war seit dem Umbau nicht mehr hier gewesen und fand die Veränderungen gelungen.

„Erstmal nochmals Gratulation zu deinem Erfolg mit diesem Hauser", sagte Schmidinger, sowie der Ober weg war. „Das war wirklich saubere Arbeit."

Gruber nickte, leicht unangenehm berührt. „Ich

hätte mir nur gewünscht, wir wären dem Kerl früher auf die Spur gekommen."

„Ja, das ist immer so", sagte Schmidinger, zog einen Fotoabzug aus seiner Jackentasche und reichte ihn Gruber über den Tisch. Das Bild zeigte einen etwa fünfzigjährigen Mann mit hartem Blick, markanten Gesichtszügen sowie einer Tätowierung am Hals. Einen Mann, der es augenscheinlich verstand, sich durchzusetzen.

„Er wohnt netterweise nur ein paar hundert Meter entfernt von hier, gleich hier um die Ecke in der Linzer Gasse", erklärte Schmidinger. „Allein, soviel wir wissen."

Einen verlängerten Braunen und einen Apfelstrudel später stand Gruber neben Schmidinger vor dem Eingang zu einem unscheinbaren Mietshaus, an dem zwei Uniformierte vor der Tür bereits in Position gegangen waren. „Nur für alle Fälle", meinte Schmidinger dazu.

Schmidinger drückte auf den Klingelknopf, Grubers Blick fiel währenddessen auf einen sportlich gekleideten Mann, der hinter ihnen den Gehsteig entlangkam, eine Einkaufstasche in der Hand. Obwohl er eine Sonnenbrille trug, war sich Gruber sofort sicher. „Ich glaube, da kommt er gerade", sagte er.

Schmidinger und er sahen zu, wie der Mann noch ein paar Schritte tat, dann abrupt stehen blieb und die Beamten fixierte, ein breites Grinsen aufsetzte und weiterging.

„Meine Herren, was verschafft mir die Ehre?“, sagte er, bei den Beamten angelangt.

„Um es kurz zu machen, Ihre Bekanntschaft mit einem gewissen Manfred Neumann“, erwiderte Gruber.

„Aha. Und wer sind Sie, wenn die Frage erlaubt ist?“

Gruber zückte seinen Ausweis. „Kripo Traunstein.“

„Interessant. Möchten Sie reinkommen und sich ein wenig ausruhen, nach so einer weiten Reise?“

Sie fuhren mit dem Lift hoch, und Gruber war beeindruckt. Er hatte den üblichen Kitsch und Pomp erwartet, aber nichts dergleichen. Was er vorfand, war eine geräumige, lichtdurchflutete Dachwohnung, möbliert mit kühler Sachlichkeit. Ein Schreibtisch mit Glasplatte, dazu Bücherregale, Unmengen von CDs, eine Hi-Fi-Anlage vom Feinsten. Lediglich die rote Ledercouch mit dem Samuraischwert und dem Spruchband „Es gibt keine größere Einsamkeit als die des Tigers im Dschungel“ darüber wies auf Hofbauers dubiose Vergangenheit hin.

„Darf ich Ihnen etwas anbieten?“, fragte Hofbauer.

„Danke, nein“, erwiderte Schmidinger.

Gruber winkte ebenfalls ab.

Sie setzten sich, und Hofbauer, die Beine locker übereinandergeschlagen, sagte: „Also, um es meinerseits kurz zu machen: Ich war mit Ihrem Herrn Neumann ein paar Mal unterwegs, kann mich aber nicht erinnern, dabei gegen irgendwelche Gesetze verstoßen zu haben.“

„Geht's vielleicht ein bisschen ausführlicher?“, warf Schmidinger ein.

„Selbstverständlich. Aber machen Sie sich trotzdem keine Hoffnungen. Ich bin inzwischen, wie Ihnen bekannt sein sollte, ein ehrbarer Bürger.“

12

„Ich komme dann später vorbei und räume erstmal die Küche aus, ehe alles anfängt zu stinken“, sagte Frau Podolski, während sie Gruber den Schlüssel zu Neumanns Haus aushändigte. „Natürlich nur, wenn ich das darf?“

„Wüsste nicht, was dagegensprechen sollte“, erwiderte Gruber, bedankte sich für den Schlüssel und spazierte die Straße entlang zurück zu Neumanns Haus, wo er vor dem Gartentor seinen Peugeot abgestellt hatte. Dort angekommen, setzte er sich in den Wagen, nahm sein Handy und rief Bischoff an.

„Und, wie war's in Salzburg?“, fragte sie. „Ist er nett, der Herr Ex-Zuhälter?“

„Teils, teils“, erwiderte Gruber. „Wenn er nicht gelogen hat, so hat der Neumann nur die Bekanntschaft mit ihm gesucht und nichts weiter. Vielleicht wegen dem Reiz, mit einer Ex-Unterweltgröße zu verkehren. Jedenfalls sagt er, dass ihn mit dem Neumann nichts weiter verbunden hätte, als dass sie gelegentlich an diversen Pokerrunden teilgenommen hätten. Wobei Neumann ein eher lausiger Spieler gewesen sei, impulsiv, unaufmerksam und ein schlechter Verlierer. Aber immer mit reichlich Geld in der Tasche. Aber, und jetzt kommt es …“,

Gruber machte eine Kunstpause. „Einmal hätte er beiläufig erwähnt, dass er selbst mal ein dickes Ding gedreht habe. Was unser Herr Ex-Zuhälter angeblich aber nicht weiter beachtet hätte, weil die Leute – so seine Worte – jeden Scheiß erzählen würden, nur um sich für fünf Minuten interessant zu machen. Alles in allem betrachtet er Neumanns Abgang wohl nicht gerade als großen Verlust."

„Und für wie glaubwürdig hältst du ihn?"

„Ziemlich glaubwürdig …"

„Also eine Sackgasse?"

Gruber ging nicht darauf ein. „Und bei dir?", fragte er.

„Ihr Alibi ist wohl wasserdicht. Ich habe mit dem Ehepaar gesprochen, das zur Zeit bei ihr logiert. Ihre einzigen Gäste übrigens. Die sagen, dass sie noch um Mitternacht im Haus herumrumort habe."

„Und wie glaubwürdig sind die?"

„Sehr glaubwürdig, würde ich sagen. Sie reisen morgen vorzeitig ab und sind ziemlich sauer auf die Dame des Hauses. Schlechter Service, durchgelegene Matratzen, keiner macht sauber und so weiter … Aber ich bin da gerade noch an etwas anderem dran. Ich rufe dich gleich zurück."

„Okay …" Gruber steckte das Handy ein und stieg wieder aus dem Peugeot. Er streckte sich, öffnete das Gartentor und ging zum Haus. Mit leicht schlechtem Gewissen, weil er eigentlich nur an einem interessiert war: an Neumanns Plattensammlung. Er sperrte auf, schaute kurz ins Wohnzimmer und machte dann einen Rundgang durch das Haus, um nachzusehen, ob über Nacht nicht jemand eingedrungen war und versucht hatte, die Situation auszunutzen. Leute wie die Bergers zum Beispiel, auf der Suche nach Drogen oder Bargeld. Oder um Neumanns riesige Schallplattensammlung zu plündern, die seiner Einschätzung nach auch einiges wert war. Doch die Fenster und Türen waren alle fest verschlossen, nur der Mief erschien ihm noch intensiver als am Vortag. Zurück im Wohnzimmer, öffnete er beide Fenster, um den Gestank hinauszulassen, und zog dann beliebig ein paar der Scheiben heraus. Alles Aufnahmen aus den sechziger Jahren, wie sich herausstellte. Von den Byrds, den Kinks, Bob Dylan. Er setzte sich in einen Sessel, inspizierte die Umschlaghüllen und geriet ins Sinnieren. Die Kinks waren seine Lieblingsband gewesen, bis ihm ein Mitschüler gesagt hatte, dass die Jungs um Ray Davies längst nicht mehr angesagt wären, dass er doch mal Cream hören sollte. Er überlegte kurz, ob er die Platte, *The Kink Kontroversy*, auflegen sollte, entschied sich aber dagegen. Würde wohl etwas makaber wirken, wenn plötzlich harte Gitarrenriffs aus dem Haus eines Toten ertönten. Auch wenn er sich fast sicher war, dass ein Musikfreak wie Neumann das durchaus zu schätzen gewusst hätte. Was sie wohl auf seiner Beerdigung spielen würden? Hoffentlich nicht *Knockin' on heaven's door*. Das konnte nun wirklich niemand mehr hören. Er legte die Platten auf dem Tisch ab und nahm aufs Geratewohl noch ein paar weitere aus dem Regal. Und dann noch ein halbes Dutzend. Aber zu seiner Enttäuschung war nichts dabei, was er nicht schon gekannt oder was ihn interessiert hätte. Er machte einen letzten Versuch, wobei ihm aus einem Live-Album von Leonard Cohen, *Heart Housed In Thorn Bush*, unvermutet eine Handvoll Fotos entgegenrutschte und zu Boden fiel. Er sammelte die Fotos wieder auf, es waren genau vier Stück, und breitete sie auf dem Tisch vor sich aus. Alles kleinformatige Farbfotos, von denen zwei einen Holzschuppen oder Torfstadl zeigten, umgeben von Gebüsch und vereinzelten Birken und zunächst intakt, dann als Ruine mit schiefen Wänden und halb eingestürztem Dach. Auf den beiden anderen Fotos war die Fläche zu sehen, auf der das Gebäude offensichtlich gestanden hatte, erst als schwarzerdiger Fleck und dann als Wiese mit kniehohen Gräsern.

Vielleicht der Platz, an dem Neumann den Erlös aus seinem großen Ding gebunkert hatte? Oder weswegen sonst sollte er diese Fotos gemacht und versteckt haben? Gruber wurde mächtig nervös. Er war in seinem Berufsleben schon Abertausenden von Hinweisen nachgegangen, aber noch nie einem fotografisch erfasstem Zielort. Und egal, was sich dort befinden sollte, um eine Kleinigkeit würde es sich bestimmt nicht handeln. Doch wo könnte sich dieser Platz befinden? Gleich um die Ecke im nächstgelegenen Waldstück? Oder irgendwo in der umliegenden Pampa, kilometerweit entfernt? Es sei denn, Neumann hatte auch Waldbesitz gehabt. Dann wäre dies zumindest ein Anhaltspunkt.

Während er noch rätselte, klingelte sein Handy.

Es war Bischoff.

„Wo steckst du?“, fragte sie. „Noch bei Neumann?“

„Ja. Kann sein, dass ich da gerade etwas sehr Interessantes entdeckt habe.“

„Das habe ich auch …“

„Dann schieß los.“

„Ich habe die Telefonate von diesen Bergers und deinem Cousin Günther gecheckt. Und was denkst du, wen dein lieber Cousin in den letzten Wochen mehrmals täglich angerufen hat?“

„Keine Ahnung.“

„Neumanns Schwester … Was sagst du jetzt?“

„Ich denke, Scheiße genügt fürs Erste.“

13

Gruber hatte sein Handy kaum weggesteckt, als es an der Haustür klingelte. Er erhob sich schwerfällig und ging in den Flur hinaus, um zu öffnen. Diese kleine Ratte, dachte er, spielt mir so eine miese Komödie vor. Andererseits, sein Cousin war Ende zwanzig, Neumanns Schwester über fünfzig. Die zwei zusammen im Bett? Schwer vorstellbar. Also könnte der Schwerpunkt ihrer Beziehung auf einem anderen Gebiet liegen. Mord zum Beispiel. Genauer gesagt: Auftragsmord. Aber wie hatten die zwei sich überhaupt kennen gelernt? Rein zufällig? Oder hatte die Neumann gezielt nach einem Killer gesucht, der ihren unliebsamen Bruder aus dem Weg räumte? Gruber lächelte böse. Das Bürschchen konnte sich jedenfalls auf was gefasst machen, Cousin hin oder her. Und dieses verlogene Weib ebenfalls.

Entgegen Grubers Erwartungen stand nicht Frau Podolski, Neumanns Putz- und Haushaltshilfe, vor der Tür, sondern ein jüngerer Mann mit Sonnenbrille, Baseballkappe und umgehängtem Fotoapparat.

Die Presse?

„Ja …?“, fragte Gruber ungehalten.

„Hallo. Mein Name ist Buchhorn. Ich arbeite

fürs Trostberger Tagblatt und würde gern wissen, was hier genau passiert ist?"

„Für diesen Zweck haben wir eine Pressestelle, wie Ihnen bekannt sein sollte. Fragen Sie dort nach."

„Habe ich schon. Und die haben mich an Sie verwiesen."

„Tatsächlich?"

Der Mann grinste nur, kam einen Schritt näher und spähte an Gruber vorbei ins Hausinnere. Irgendwas an dem Kerl missfiel Gruber. Nicht nur, weil er ihm völlig unbekannt war, sondern auch, weil er anscheinend wusste, dass Gruber in diesem Moment hier anzutreffen war. Nur ein Zufall? Doch bevor er sich den Mann vorknöpfen konnte, erklang von der Straße her eine Frauenstimme. Buchhorn fuhr herum, und sie erblickten Frau Podolski, die nun auf sie zukam, gefolgt von einem etwa gleichaltrigen Mann, der ein paar leere Kartons trug. Gruber verzog das Gesicht und fragte sich, ob er den beiden nicht den Zutritt verwehren sollte. Denn was sie vorhatten, war offensichtlich: Aufräumen und dabei das eine oder andere Stück mitgehen lassen.

„Die dürfen doch auch rein", sagte Buchhorn. „Oder wie sehe ich das?"

„Die holen nur ein paar Sachen ab", erwiderte

Gruber. „Und Sie zeigen mir jetzt erst mal Ihren Ausweis, würde ich sagen. Da kann ja jeder kommen …"

„Ich werde mich über Sie beschweren, das werde ich machen." Buchhorn wandte sich ab und verschwand in Richtung Straße.

„Da sind wir", sagte Frau Podolski.

Gruber nickte nur. Er überlegte kurz, ob er diesem Buchhorn nachlaufen und sein Autokennzeichen notieren sollte, ließ es dann aber sein. Aber bei der Zeitung nachfragen, das würde er. Seine Gedanken kehrten zurück zu den Fotos und Cousin Günther, der ihm einiges erklären müsste. Er folgte den Podolskis ins Haus, schnappte sich die Fotos und wollte schon aufbrechen, als ihm eine Idee kam.

„Sagen Sie, Frau Podolski", wandte er sich an die Frau, „war Herr Neumann zufällig auch Waldbesitzer?"

„Nicht, dass ich wüsste", erwiderte sie. „Aber jetzt, wo Sie mich fragen, fällt's mir wieder ein …"

Gruber war plötzlich wie elektrisiert. „So? Was denn?"

„Ich glaube, er wollte sich mal ein Stück Wald kaufen. Jedenfalls hat er deswegen sogar eine Anzeige aufgegeben. Ist aber schon länger her."

„Hm, und wissen Sie zufällig auch noch, wo?"

„Ah so, das weiß ich noch, weil's mich gewundert hat, dass er so weit weg was kaufen wollte. Das wäre zwischen Waging und Teisendorf gewesen, in so einem Moorgebiet, dem Weitmoos."

„Da schau an …"

„Wieso, kennen Sie die Gegend?"

Gruber nickte. „Flüchtig. Bin da öfter mal spazieren gegangen."

14

Sie fuhren bereits am Waginger See entlang, in Sichtweite der Brücke nach Tettenhausen hinüber, als Günther aus seiner Ecke hochkam und zu Gruber heranrutschte, seine Hände wie zum Gebet erhoben.

„Mensch, Andreas, es ist wirklich so ..."

„Hauptkommissar Gruber, bitte", unterbrach ihn Gruber. „Und an deiner Stelle würde ich jetzt den Mund halten. Du bist kein Zeuge mehr, du bist ein Beschuldigter, der das Recht auf einen Anwalt hat."

„Ja, okay, Herr Hauptkommissar. Aber ich brauche keinen Anwalt", sagte Günther. „Es ist wirklich so, wie ich gesagt habe: Ich habe die Erika beim Trampen kennengelernt. Kannst du alles nachprüfen. Ich meine, dass ich von Mitte Februar bis Mitte März keinen Führerschein hatte und so. Ich gebe ja zu, dass ich mich auch gewundert habe, dass sie mich mitgenommen hat, und dann erst recht, als sie mich ein paar Tage später im Geschäft angerufen hat und gefragt hat, ob ich Lust hätte, mit ihr mal einen Kaffee zu trinken. Und dabei hat sie mich dann gefragt, ob ich ihr nicht einen Gefallen tun könnte."

Gruber gab keine Antwort.

„Ehrlich, ich war echt nur in dieser Kneipe, weil ich hören wollte, was die Leute dort so von ihm halten", fuhr Günther fort. „Ob sie vielleicht wissen, woher er seine Kohle hat. Dass ich mit ihm und den anderen zwei, diesem komischen Ehepaar, diesen Bergers, ins Gespräch gekommen bin, war reines Glück. Genauso wie die Einladung, bei ihm noch einen Joint zu rauchen. Alles ein reiner Zufall, das musst du, ich meine, das müssen Sie mir glauben."

„Und, warst du auch im Bett mit ihr?"

„Ja, zwei oder drei Mal …" Günther kicherte verhalten. „War gar nicht so übel. Die hat echt ein paar Sachen drauf, da…"

„Danke. Den Rest kannst du für dich behalten", unterbrach ihn Gruber erneut.

„Da vorne dann links rein, oder?", fragte Bischoff.

„Genau. Dann den Berg hoch und schon sind wir da."

Bischoff hielt auf dem kleinen Parkplatz vor der Pension, stellte den Motor ab und sie stiegen aus.

Sie nahmen Günther in die Mitte, doch Erika Neumann kam ihnen schon an der Haustür entgegen und winkte sie energisch zu sich herein. „Ja, ich weiß schon, was Sie jetzt denken", begann sie noch im Flur zu lamentieren. „Aber ich bin unschuldig. Ich war nur stocksauer auf diesen Mistkerl von Bruder, der wie eine Made im Speck gelebt hat und seelenruhig zugeschaut hat, wie bei mir alles den Bach runtergeht …“ Richtiggehender Hass sprach nun aus ihrem Blick.

„Und da haben Sie einen Dummen gesucht, ihn ein bisschen umgarnt und dann auf Ihren Bruder angesetzt?“, fragte Bischoff.

„Ja. Aber doch nur, damit er ihn aushorcht. Dass er vielleicht irgendwas rauskriegt, womit ich ihn zwingen könnte, dass er mir was abgibt.“

Sie waren inzwischen in der Küche angelangt, in der es ebenso unaufgeräumt und schmierig war wie beim letzten Besuch der Beamten.

„Oder glauben Sie vielleicht im Ernst, ich hätte diesen Blödmann da beauftragt, meinen Bruder umzubringen?“, sagte Erika Neumann weiter.

„Da hören Sie es“, sagte Günther. Erst dann ging ihm auf, was die Frau soeben ausgedrückt hatte. Er trat auf sie zu und streckte seine Hände nach ihr aus. „Was hast du da gerade gesagt? Was bin ich für dich, ein Blödmann?“

Die Frau nickte und wich dabei keinen Schritt zurück. „Wenn du es genau wissen willst, ja. Und zwar nicht nur als Detektiv.“

„Auf einmal?“

„Was hast du denn gedacht?“ Das Lachen der

Frau klang selbst in Grubers Ohren, der einiges gewöhnt war, ungewöhnlich dreckig. „So einen armseligen Trottel wie dich finde ich doch überall."

„Ach ja …?" Günther wirbelte herum und fegte mit einer Handbewegung so ziemlich alles, was auf dem Tisch herumgestanden hatte, zu Boden. Sowie das Scheppern und Klirren abgeklungen war, packte Gruber den Mann unsanft am Kragen und beförderte ihn ins Freie hinaus.

„Du blödes Miststück", rief Günther über die Schulter zurück. „Und wegen dir habe ich jetzt die Bullen am Hals."

„Rein mit dir", sagte Gruber und schubste Günther wieder in den Fond des Peugeot.

„Und was jetzt?", fragte Bischoff, die ihnen gefolgt war.

„Soll die Werner entscheiden …", erwiderte Gruber. „Ich habe die zwei jetzt bis obenhin satt."

„Geht mir genauso."

Gruber ging zurück in die Küche und sagte zu Erika Neumann: „Sie halten sich zur Verfügung, damit das klar ist. Und glauben Sie ja nicht, dass Sie schon aus dem Schneider sind."

15

„Neigen Sie unter diesen Umständen noch immer dazu, Neumanns Tod für einen Unfall zu halten?" Die Staatsanwältin blickte Gruber über den Rand ihrer Brille forschend an.

Gruber zuckte mit den Schultern. „Eigentlich schon. Natürlich könnte er, nachdem er mit den Bergers zusammen weg ist, wieder umgekehrt sein, sich unter einem Vorwand Zutritt ins Haus verschafft haben und Neumann dann erschlagen haben. Aber von Neumanns Wachhund einmal abgesehen, würde das schon eine gewaltige kriminelle Energie voraussetzen. Und die traue ich ihm, offen gesagt, nicht zu. Zumal er ja keine Garantie dafür hatte, dass ihm, sagen wir mal, die Früchte seiner Tat auch wirklich in den Schoß fallen würden. Außerdem hätte er Neumann dann mit Sicherheit die Uhr und die Halskette abgenommen, um einen Raubüberfall vorzutäuschen."

„Und dass der Mann Ihr Cousin ist, spielt für Sie dabei keine Rolle?"

„Absolut keine", erwiderte Gruber mit Nachdruck.

„Sie gehen also davon aus, dass es keinen Komplott gab, um Neumann aus dem Weg zu räumen? Und dass dieser Günther Koch auch nicht aus eigenem Antrieb gehandelt hat?“, vergewisserte sich Dr. Werner.

„Nicht hundertprozentig“, erwiderte Bischoff. „Aber ich meine auch, dass dies alles mindestens ein, zwei Nummern zu groß für die beiden gewesen wäre.“

Dr. Werners Miene drückte Skepsis aus. „Und jetzt?“, fragte sie nach einer Pause.

„Vielleicht bringt uns ja das hier weiter.“ Gruber zog die vier Fotos aus seiner Jackentasche und breitete sie vor Dr. Werner auf dem Schreibtisch aus. „Habe ich zufällig bei Neumann versteckt in einer Schallplattenhülle gefunden“, erklärte er.

Dr. Werner beugte sich vor und inspizierte die Fotos, ohne auch nur eines dabei anzufassen. „Scheint so, als hätte er dort etwas versteckt und wollte sichergehen, dass er die Stelle auch wiederfindet, oder wie sehen Sie das?“

„Genau meine Meinung. Und das über einen Zeitraum von einigen Jahrzehnten, wie es aussieht.“

„Tja, dann muss es wohl etwas ganz besonders Wertvolles sein. Aber haben Sie auch eine Ahnung, wo das sein könnte?“

Gruber lächelte gequält. „Möglicherweise in einem Moor- und Waldgebiet zwischen Waging und Teisendorf.“ Er hob beschwichtigend die Hände. „Ich weiß, es ist so gut wie aussichtslos, reine Zeitverschwendung. Aber ich werde trotzdem mal hinfahren und mich umschauen."

„Was sagen Sie dazu?", wandte sich die Staatsanwältin an Bischoff.

„Warum nicht?", erwiderte Bischoff. „Auf die Weise lerne ich wenigstens die Gegend kennen."

16

Gruber war kaum in den Wald hineingefahren, als ihm ein Traktor mit Anhänger den Weg versperrte. Zu sehen war niemand. Er drückte ein paar Mal auf die Hupe, dennoch dauerte es gut eine Minute, bis ein älterer Mann in Gummistiefeln und zerschlissener Arbeitskleidung zwischen den Bäumen auftauchte und Gruber einen finsteren Blick zuwarf. Gruber wartete geduldig, bis der Mann auf den Traktor gestiegen war, das Gefährt in Bewegung gesetzt und es auf einer Schneise ein Stück weiter wieder abgestellt hatte. Dann fuhr er vorsichtig auf der Straße, die eigentlich ein besserer Waldweg war, weiter. Doch nur, um schon an der nächsten Biegung um Haaresbreite mit einem Mountainbiker zu kollidieren. Der Radfahrer zwängte sich mit wütendem Gesichtsausdruck am Peugeot vorbei und zeigte Gruber dabei einen Vogel.

„Irgendwie habe ich den Eindruck, dass wir hier nicht gerade erwünscht sind“, sagte Bischoff.

Gruber brummte nur.

„Und wann kommt jetzt diese Kapelle, von der du mir erzählt hast?“, fragte Bischoff. „Dieses Maria Tann.“

„Müsste gleich zu sehen sein“, erwiderte Gruber, und tatsächlich schimmerte gleich darauf etwas

Weißes durch das Gehölz vor ihnen. Gruber parkte ein paar Meter vor der Kapelle, deren Tür weit offen stand. An einem Baumstamm gegenüber lehnte ein Damenfahrrad, und als sie ausgestiegen waren, bemerkten sie die ältere, bäuerlich gekleidete Frau, die dabei war, im Innenraum der Kapelle Blumenschmuck anzubringen. Sie traten hinzu. Die Frau unterbrach ihre Tätigkeit und blickte sie ungehalten an.

„Des ist fei verboten, da mit dem Auto herzufahren", sagte sie.

„Wir sind beruflich hier", erwiderte Gruber und zückte seinen Ausweis.

„Kriminalpolizei?" Die Frau verzog abschätzig das Gesicht. „Da kommen'S aber ein bisserl spät, tät ich sagen."

„Wie bitte?", fragte Bischoff.

Die Frau deutete zum Innenraum. „Da drin, oiß außerg'raubt, die Grattler. Schon vor Jahren …"

„Sie meint vermutlich die Votivtafeln", sagte Gruber zu seiner Kollegin.

„Votivtafeln?"

„Erkläre ich dir später", sagte Gruber, holte das Foto von dem noch intakten Schuppen aus seiner Jackentasche hervor und hielt es der Frau hin. „Sagt Ihnen dieser Stadl hier zufällig etwas?"

Die Frau nahm das Foto mit spitzen Fingern an

und betrachtete es eingehend, schüttelte dann den Kopf. „Naa, eigentlich ned. I moan, des könnt ja überall sein, so an Schupfen gibt's ja an jedem Eck da herin. Aber fragen'S doch an Moser, an Jagdpächter. Der kennt sich da ringsum aus wie koa anderer. Was soll denn da überhaupt sein?"

„Das würden wir selbst gerne wissen", erwiderte Gruber. „Und wo finden wir diesen Herrn Moser?"

„Beim Moser halt. Sie san direkt dran vorbeig'fahrn. Des vorletzte Haus an der Straß, draußen vorm Wald."

„Sieht schön aus", sagte Bischoff mit Blick auf den Blumenschmuck. „Ist wohl für eine Maiandacht?"

„Heid Aufnacht, ja …"

„Und, kommen da viele Leute?"

„Werden jedes Jahr mehr. De Leit glaub'n wieda. Jedenfalls de Leit bei uns da."

Gruber und Bischoff überließen die Frau wieder ihrer Arbeit und gingen zurück zum Wagen.

„Also auf zu diesem Herrn Moser", sagte Bischoff.

„Machen wir doch erst einen kleinen Spaziergang", schlug Gruber vor. „Wenn wir schon mal hier sind …"

Sie gingen aufs Geratewohl los, erst quer durch den Wald, dann einem kaum erkennbaren Weg folgend, der sie nach etlichen hundert Metern an den Rand eines mit vereinzelten Latschen bewachsenen Sumpfgebiets brachte, in dessen Mitte ein Hochsitz wie ein Wachtturm aufragte. Es war mittlerweile ziemlich warm geworden, und Gruber zog sein Sakko aus. Hier, mitten in der Wildnis, würde seine Pistole wohl kaum Aufsehen erregen.

„Und an was glaubst du, wenn ich fragen darf?" Bischoff blickte Gruber leicht belustigt an.

„Ich halte mich da an Thomas Hobbes", erwiderte Gruber ernst. „Ich glaube, dass der Mensch im Naturzustand einsam, arm und böse ist. Und dass es, und das ist jetzt meine ganz persönliche Philosophie, unsere verdammte Pflicht ist, etwas dagegen zu unternehmen."

„Bist du deswegen Polizist geworden?"

„Ich weiß nicht, vielleicht."

„Aha. Weißt du dann wenigstens, warum diese Kapelle gerade dort hinten steht? Gab's hier mal ein Unglück, eine wundersame Rettung oder vielleicht sogar eine Marienerscheinung?"

Gruber grinste. „Soviel ich weiß, soll die Stelle in früheren Zeiten als Treffpunkt für Liebespaare gedient haben. Und deswegen haben die Pfarrherren von Waging und Teisendorf beschlossen, eine Kapelle da hinzustellen."

„Zur Abschreckung oder wie?"

„Kann schon sein. Jedenfalls haben die Ärmsten beim Schmusen dann ein Dach über dem Kopf gehabt, würde ich sagen."

Bevor Bischoff etwas erwidern konnte, hörten sie, wie irgendwo in der Nähe ein Zweig knackte. Gruber zuckte zusammen und griff unwillkürlich nach seiner Pistole. Bischoff blickte ihn verdutzt an.

„Was ist denn mit dir los?"

„Nichts …"

„Erzähl mir nichts. Du bist doch schon seit Sonntag so komisch."

„So, findest du?"

Gruber zögerte kurz, erzählte Bischoff dann von seinem nächtlichen Besucher und dem seltsamen Reporter vom Vortag, der bei keiner der umliegenden Zeitungen bekannt war, wie seine Nachfrage ergeben hatte. Bemüht, dabei eher beiläufig zu klingen. „Wahrscheinlich alles nur Einbildung", sagte er abschließend.

„Nach einer Einbildung sieht mir der Typ da aber nicht gerade aus", sagte Bischoff und deutete auf die dunkle Gestalt, die soeben zwischen den Fichtenstämmen hinter ihnen sichtbar geworden war und nun mit festem Schritt auf sie zuhielt.

Es war ein Mann mittleren Alters, wie sich herausstellte, grünlich bekleidet und mit Hut, und das Fernglas, das vor seiner Brust baumelte, ließ Gruber sofort an den Jagdpächter denken. Nur der Dackel fehlte.

„Grüß Gott beieinand“, sagte der Waldmensch leutselig, als er bis auf wenige Meter heran war. Erst dann registrierte er das Halfter mit der Heckler & Koch an Grubers Hüfte und ging mit zusammengekniffenen Augen wieder leicht auf Abstand.

„Herr Moser?“, fragte Gruber.

„Der bin ich, ja …“

„Kriminalpolizei Traunstein. Vielleicht können Sie uns helfen.“ Gruber zog erneut Neumanns Foto aus seiner Jacke und hielt es dem Jagdpächter hin. „Können Sie damit zufällig etwas anfangen?“

Moser nahm das Foto in die Hand und studierte es aufmerksam. „Scho möglich“, sagte er schließlich mit gedehnter Stimme. „Was soll denn da sein?“

„Um das herauszufinden sind wir hier.“

„Aber irgendeine Ahnung müssen'S doch haben, oder?“

„Leider nein.“

„Und wie kommen'S dann an des Foto?“

„Das ist eine längere Geschichte. Also, können Sie uns nun helfen oder nicht?“

„Na ja, dann schauen wir halt mal nach …“ Moser gab Gruber das Foto zurück und drehte ab.

Gruber und Bischoff stapften hinter dem Jagdpächter her, der zunächst mitten durch den Wald ging und dann einem kaum erkennbaren Trampelpfad folgte, einem Wildwechsel, wie Gruber vermutete. Der Pfad mündete vielleicht hundert Meter weiter in einen halbwegs befahrbaren Waldweg, wo Moser sich nach links wandte, noch immer zielstrebig, aber mit merklich verlangsamten Schritten.

„Haben Sie eigentlich sonst scho mit jemandem g'redt drüber?", fragte er über die Schulter.

„Nur mit einer alten Frau hinten an der Kapelle", erwiderte Bischoff.

„Und?"

„Nichts und. Sie hat uns an Sie verwiesen ..."

„So, so."

Sie erreichten eine kleine, von Birken und Fichten gesäumte Lichtung, auf der Moser stehen blieb und sich aufmerksam umschaute. Gruber und Bischoff taten es ihm gleich, und tatsächlich, es war eindeutig die Stelle auf den letzten beiden Fotos.

„De Hütt'n auf dem Foto ist scho längst abg'rissn, aber genau da hat's g'standen", sagte Moser.

Gruber nickte nur, bückte sich dann und wühlte mit den Fingern im Erdreich unter den Gräsern. Er fand es weich und durchlässig und durchaus so beschaffen, dass man einfach graben könnte, wie bei einem Torfstich.

„Und was jetzt?", fragte Moser. „Möchten'S jetzt einfach da so zu Graben anfangen? Oder möchten'S Eahna erst an Metalldetektor oder so was besorgen?"

Gruber und Bischoff wechselten einen Blick. „Graben wäre eigentlich das Naheliegendste", sagte Bischoff. „Jedenfalls fürs Erste. Oder was meinst du?"

Gruber nickte. „Wüssten Sie jemanden, der das machen könnte?", wandte er sich an Moser.

„Freilich", erwiderte Moser und kramte ein Handy aus seiner Jackentasche. „Meine zwoa Buam san zufällig grad dahoam. De ruaf i jetzt an und dann pack ma's an. Aber oans sog i Eahna glei. De Hälfte von dem, was mia find'n, des g'hört mia!"

„Was?" Gruber glaubte, nicht richtig gehört zu haben.

Moser grinste selbstgefällig. „G'hört zufällig oiß mia, da ringsherum", erklärte er.

„Dann haben Sie doch sofort gewusst, um welche Stelle es sich handelt", fuhr Gruber den Mann an. „Dass es Ihre Hütte war …"

„Logisch."

„Aber erstmal überlegt, ob Sie dieses Wissen nicht für sich behalten sollten?", ergänzte Bischoff.

„Überlegen deaf ma ja wohl no, oder?"

17

„Kreizkruzitürken, de scheiß Wurzeln machen mi no wahnsinnig." Einer der Moserbuben, Franz-Josef oder Georg, Gruber hatte vergessen, wer von den Zwillingen wie hieß, warf seine Hacke neben der Grube ins Gras und griff dankbar nach der Wasserflasche, die ihm sein Vater fürsorglich reichte. Gruber warf einen Blick auf seine Armbanduhr. Schon zwei durch. Er erhob sich von dem Klappstuhl, den die Moserbuben zusammen mit ein paar Schaufeln, Spitzhacken, einem Plastikeimer und diversen Getränken herangeschafft hatten, und gesellte sich zu den Mosers. In der Grube, die inzwischen gut einen Meter tief und etwa zwei mal zwei Meter groß war, hatte sich trotz ausgiebigen Schöpfens eine Menge Wasser angesammelt, so dass die Buben fast bis zu den Knien im Schlamm standen. Kein sehr angenehmer Zustand, weswegen die Stimmung auch langsam gereizt wurde und die Euphorie der ersten Stunden einer gewissen Ernüchterung Platz gemacht hatte. Auch Bischoff, sie hatte die Warterei immer wieder für einen kleinen Spaziergang in die Umgebung genutzt, kam heran und warf einen Blick in die Grube.

„Vielleicht sollten wir doch lieber einen Bagger kommen lassen", sagte Gruber zu Moser, der sich gerade einen Schluck aus der Bierflasche gönnte.

Moser setzte die Flasche ab und schüttelte unwirsch den Kopf „Nix da. Jetzt samma scho so weit, jetzt mach'ma a weiter. Wenn Eahna langweilig ist, können'S ja hoamfahr'n und i ruaf Eahna dann o."

„Was werd'n des eigentlich, wenn's fertig ist?", rief jemand von hinten.

Gruber drehte sich um. Schon wieder einer mehr! Er hatte immer gedacht, hier draußen wäre man weitgehend ungestört, aber seit Mittag hatte sich eine kleine Schar Neugieriger angesammelt, auf unerklärliche Weise angezogen von dieser Aktion. Zwei Frauen mittleren Alters, die behauptet hatten, sie würden nach Heilkräutern suchen, ein junger, langhaariger Mann mit Hund, der sich immer hier herumtreiben würde, wie Moser angegeben hatte, ein Bauer und Waldbesitzer unbestimmbaren Alters, der zufällig vorbeigekommen war, und ein zahnloser Greis mit Stoppelbart, der sich auf einen Stock stützte und am interessiertesten schien. Und jetzt dieser bärtige Strohhutträger mit Sonnenbrille, der auch noch seinen Senf dazugeben musste.

„Passt's bloß auf, dass da koa Bombn drin ist …", rief der Greis unvermutet aus.

„Bombe?", fragte Bischoff perplex. „Was für eine Bombe denn?"

„A Blindgänger“, erklärte der Alte und trat näher, bis er von Gruber mit einer Handbewegung gestoppt wurde. „Hamma nach'm Kriag ned wenig außerghoit da herin.“

„Was, hier, mitten im Moor?“

„Hamm's wahrscheinlich verlor'n oder zfriah obgschmiss'n, auf'm Weg nach Salzburg, de scheiß Amis.“

„Ja, sehr interessant“, sagte Gruber und schob den Alten weiter zurück.

„Papa, da is was“, rief plötzlich der andere Moserbub.

Gruber, Bischoff und Moser beugten sich über den Rand der Grube. Der Sprecher bückte sich gerade und wühlte mit beiden Händen in der braunen Soße, und hielt dann etwas in die Höhe, das nach einem Lederstiefel aussah.

„Ja, leck mich doch am Arsch“, sagte Moser. „Da liegt ja oana drin ... Von dem haben'S aber nix gsogt, dass wir nach a Leich suach'n“, wandte er sich leicht entrüstet an Gruber.

Gruber achtete nicht auf ihn. „Ganz vorsichtig jetzt“, bestimmte er. „Ihr steigt jetzt da ganz vorsichtig raus und meine Kollegen machen dann weiter.“

„Warum denn? Dem tuat nix mehr weh, oder?“, sagte der Moserbub mit dem Stiefel.

„Genau. Jetzt müssen'S meine Buam scho de Freid macha, dass'n ganz aus'm Dreck außerhoin derfan", widersprach auch Moser. „Oder solln's vielleicht umsonst g'schwitzt hab'n?"

„Reden Sie keinen Unsinn", sagte Gruber. „Sie wissen genau, dass dies ab jetzt eine Sache für unsere Spezialisten ist. Ganz egal, was da unten liegt."

„Wenn da wirklich a ganze Leich' drin liegt, wie lang' wer'n der da scho drin g'leg'n ham?", fragte Moser. „Sie ham doch Erfahrung mit so was."

„Keine Ahnung …", erwiderte Gruber wider besseren Wissens. „Aber das finden wir schon noch heraus. Und jetzt, möchten Sie immer noch die Hälfte abhaben?"

Moser verzog das Gesicht. „Warum ned? ", sagte er. „So a Totenschädel tat mia grod no obgeh' für mei' Sammlung."

18

Was für ein Tag! Gruber hatte kaum die Haustür hinter sich geschlossen, als er ein leichtes Schwindelgefühl verspürte und unversehens Mühe hatte, den Weg ins Wohnzimmer und dann zum Sofa zu finden. Er schaffte es gerade noch, sich die Schuhe auszuziehen, dann lag er auch schon flach und versuchte, erst einmal an gar nichts zu denken. Sich nur seiner häuslichen Ruhe hinzugeben, weitab von dem ganzen Rummel, den er die letzten Stunden erlebt hatte. Auch wenn er es kaum erwarten konnte, seinen alten Freund Walter Schott in Berlin anzurufen. Der wird sich wundern, dachte er. Wider Erwarten fand er sogar Schlaf, aber nur für kurze Zeit. Als er aufwachte, war es kurz nach elf. Er schleppte sich ins Bad, spritzte sich etwas kaltes Wasser ins Gesicht und holte sich anschließend ein Bier aus dem Kühlschrank. Dann schaltete er den Fernseher ein, um herauszufinden, ob ihr Leichenfund schon ein Thema in den Spätnachrichten war.

Gruber schmunzelte unwillkürlich. An diese Maiandacht würden die Leute wohl noch jahrelang denken. An diese Maiandacht mit Leiche! Statt sich an der Kapelle zu versammeln und einen Rosenkranz zu beten, hatten sie sich nach und nach scharenweise an der Ausgrabungsstelle eingefunden und dicht gedrängt hinter der Absperrung zugeschaut, wie die Kollegen in mühevoller Kleinarbeit ihren Fund freilegten. Der sich als das vollständige Skelett eines ungefähr zwanzigjährigen Mannes entpuppte, an dem neben etlichen Hautfetzen und etwas Fettgewebe noch eine weitgehend erhaltene, dunkelfarbene Lederjacke klebte, dazu ein Ledergürtel, eine Armbanduhr, der zweite Stiefel sowie die Überreste einer Jeans. Nicht zu vergessen die Bruchstelle an der Hinterseite des Schädels, die einen ersten Anhaltspunkt dafür lieferte, weswegen die Leiche hier und nicht auf einem Friedhof gelandet war.

Gruber dachte an den alten Mann und dessen Gerede von den Blindgängern, die man nach dem Krieg dort geborgen hatte. In gewisser Weise war ihre Leiche auch ein Blindgänger, allerdings einer, der nachträglich doch noch explodiert war. Fragte sich nur, wer die Ladung abkriegen würde. Konnte es wirklich sein, dass Neumann einen Mord begangen hatte und sichergehen wollte, dass er nicht vergaß, wo er die Leiche unter die Erde gebracht hatte? Schwer vorstellbar. So verrückt konnte doch niemand sein. Es sei denn, die Leiche war so etwas wie ein Faustpfand gewesen und hatte es Neumann ermöglicht, den Erpresser zu spielen. Oder wie sonst wäre es ihm möglich gewesen, ohne ersichtliches

Einkommen auf so großem Fuß zu leben? Und da er geahnt hatte, dass so ein Schuppen irgendwann von der Bildfläche verschwinden könnte, hatte er vorsorglich alles fotografisch festgehalten

Eines stand jedenfalls fest: Die Pressekonferenz morgen Vormittag würde für einiges Aufsehen sorgen, und der Fall selbst würde ihm und Bischoff noch jede Menge Arbeit bescheren. Jetzt würden sie jeden Winkel von Neumanns Leben und Vergangenheit durchleuchten müssen, würden sie jeden befragen müssen, mit dem er Umgang gehabt hatte. Schön, vielleicht würden sie Glück haben und könnten den Toten aufgrund einer Vermisstenmeldung identifizieren. Und dann in dessen Umfeld nach Täter und Motiv suchen. Aber wenn nicht … Verdammt, vielleicht wäre es doch besser gewesen, er hätte nie davon erfahren, hätte bloß die Finger von diesen blöden Schallplatten gelassen.

Er überlegte kurz, ob er vor Schott noch den Kollegen Schmidinger anrufen sollte, ließ es dann aber sein. Schott war die Hauptperson. Doch zuvor musste er wohl oder übel das Haus absuchen, für alle Fälle. Er stand auf, nahm die Heckler & Koch zur Hand und ging hinaus.

19

Wieder zurück im Wohnzimmer und beruhigt darüber, dass ihm nichts aufgefallen war, was ihm den Schlaf rauben könnte, nahm er sein Handy und wählte Schotts Nummer. Es war mittlerweile zwar bereits nach Mitternacht, aber er war sicher, dass sich Schott dafür interessieren würde.

„Ich bin's", sagte er nur.

„Schön, dich zu hören …" Es klang nicht ganz überzeugend, zumal Gruber glaubte, im Hintergrund eine Frauenstimme gehört zu haben.

„Störe ich?"

„Nein, nein … Und, was tut sich bei dir?"

„Einiges." Gruber holte tief Luft und erzählte Schott dann mit knappen Worten die ganze Geschichte, angefangen mit Neumanns Treppensturz über die zu kurz gekommene Schwester und die Spur nach Salzburg bis hin zu den Fotos und dem Fund der Leiche. „Du wärst also nicht der Erste gewesen, der dort jemanden entsorgen wollte", sagte er abschließend, in Anspielung auf Schotts knapp zwei Jahre zurückliegendes Vorhaben, seinen Erzfeind Hauser ebenfalls als Moorleiche im Weitmoos zu deponieren.

Schott lachte dünn. „Da hast du wohl Recht. Und was willst du jetzt von mir hören?"

„Keine Ahnung. Ich dachte nur, vielleicht …"

„Du glaubst doch nicht im Ernst, dass ich etwas damit zu tun habe?"

„Nein, nein, wie kommst du denn auf diese Idee? Nie im Leben. Ich dachte nur …"

„Wer deine Leiche ist, kann ich dir auch nicht sagen", unterbrach ihn Schott. „Aber diesen Neumann habe ich gekannt, nur flüchtig zwar, aber immerhin …"

Gruber horchte auf. „Ach ja? Und wann war das?"

„Achtundsechzig, neunundsechzig. In Waging, vom Seestadl her."

Der Seestadl! Herrgott, wie oft war er mit Schott dorthin gefahren, zu dieser Diskothek am Waginger See, die zu ihrer Zeit eine wahre Sensation gewesen war. Die sich nach ihrer Eröffnung achtundsechzig blitzartig zum Magnet der Szene entwickelt hatte und sogar Leute aus Salzburg und München angelockt hatte. Vor Grubers innerem Auge lief ein wüstes Sammelsurium von Eindrücken und Ereignissen ab. Laue Sommerabende, angefüllt mit zu viel Bier, brandheißer Musik und betont coolem Gehabe. Hippies, Biker-Typen, Dealer, Urlauber und Bauernburschen auf engstem Raum. Lärm, Geschrei und Schlägereien. Sein Blackout, nachdem er sich mit einem Bekannten auf ein Puschkin-Wetttrinken eingelassen hatte. Das blonde, unglaublich hübsche

Mädchen, von dem er noch Jahre später geträumt hatte.

„Das ist ja interessant“, sagte er. „Und was für ein Typ war er damals so?“

„Vergleichsweise ganz reell, soweit ich mich erinnern kann.“

„Reell?“, wiederholte Gruber. „Wie meinst du das?“

„Wie wohl? Der Stoff, den er unter die Leute gebracht hat, war okay. Was nicht gerade selbstverständlich war.“

„Verstehe. Und sonst, ich meine, seine Freunde und Bekannten, wie sieht's damit aus?“

„Hm, er war meistens mit so einer komischen Clique zusammen. Vier, fünf Typen und ein Mädel, die Ingrid. Wahrscheinlich hätte ich sie längst vergessen, wenn nicht einer von denen als Politiker Karriere gemacht hätte und dauernd im Fernsehen zu sehen wäre.“

„Wer?“

„Der Roth, Christopher. Eure bayerische Allzweckwaffe in Berlin.“

„Echt?“

„Da staunst du, was. Ich glaube sogar, dass er es war, der diese Clique im Griff hatte, der Leitwolf sozusagen. Und an die Ingrid solltest du dich eigentlich erinnern können. Hast mal versucht, sie abzuschleppen. 'Ne recht hübsche Blondine, aus Kirchanschöring."

„Ahhh die …" Gruber war leicht unangenehm berührt. Im Gegensatz zu Schott hatte er sich mit Seestadl-Eroberungen immer recht schwergetan, auch wenn die Mädels es einem unheimlich leicht gemacht hatten, alle nur ihren Spaß haben wollten. Ein paar Runden auf der Tanzfläche, Santana mit Black Magic Woman oder so, und dann ab ins Zelt, ins Auto oder auch gleich in die Büsche hinter der Liegefläche am Strandbad. Aber er hatte meistens nur zugeschaut und sich selten dazu aufgerafft, auf eines der Mädels zuzugehen. Und wenn doch, wie bei dieser Ingrid, war nichts dabei herausgekommen.

„Und was für Typen waren das so? Von dem Neumann und dem Roth mal abgesehen? Haben die gedealt oder was?", fragte er weiter.

Schott lachte erneut. „Sag mal, kriege ich eigentlich ein Honorar für das, was ich dir da erzähle?"

„Du hilfst bei der Aufklärung eines Verbrechens. Dafür verlangt man kein Honorar. Jedenfalls nicht als anständiger Mensch und pflichtbewusster Staatsbürger."

„Gedealt haben viele damals", nahm Schott den Faden wieder auf. „Aber meistens nur für den Eigengebrauch. Abgesehen davon hatte ich, außer mit dem Neumann, mit denen eigentlich nichts zu tun. Ich weiß nur, dass sie meistens zusammen gehockt und gemeint haben, sie wären die Kings. Jedenfalls so lange, bis einer von ihnen bei einer Verkehrskontrolle durchgedreht ist und deinen Kollegen von der Schutzpolizei eine Verfolgungsjagd quer durch den halben Landkreis geliefert hat."

„Was?" Das wurde ja immer bunter.

„Ja. Mit einem Riesencrash mit zwei Toten zum Abschluss."

Gruber kramte in seinem Gedächtnis, dann fiel es ihm ein. „Du meinst, diese Sache im August neunundsechzig? Wo dieser Verrückte ein paar Straßensperren durchbrochen hat und ein paar Leute bei dem Versuch, ihm auszuweichen, mit ihrem Wagen gegen einen Baum gerast sind?"

„Genau die meine ich."

„Den Typen haben sie aber nie erwischt …"

„Kann schon sein. Ich habe nur gehört, dass er anschließend ins Ausland abgehauen sein soll. Wie es dann weiterging, keine Ahnung. Ich war ab Ende September dann ja schon in Berlin."

„Ja, richtig …" Gruber war nahe dran, erneut auf Schotts plötzlichem Abgang herumzuhacken, ließ es dann aber sein. Schott und er hatten sich versöhnt, kein Grund also, alte Geschichten wieder aufzuwärmen.

„Aber sprich doch mal mit den Leuten, die dabei waren“, schlug Schott vor. „Mit deinen Kollegen zum Beispiel. Ein paar von denen werden sich bestimmt noch daran erinnern können.“

„Ja, werde ich machen ...“

„Hör mal, ich muss jetzt weg. Ruf mich doch morgen wieder an, wenn du noch Fragen hast, okay?“

„Klar, danke dir.“

Gruber legte das Handy zur Seite und lehnte sich zurück. In seinem Kopf schwirrte es. Das waren ja ganz neue Gesichtspunkte. War ihre Leiche vielleicht der Unglücksfahrer von damals? Oder der Grund, weswegen eben dieser Mann vor der Polizei geflüchtet war, vielleicht mit einer Leiche im Kofferraum? Was konnte hier passiert sein? Wer hatte ihm den Schädel eingeschlagen und dann unter die Erde gebracht? Doch vielleicht Neumann? Aber wieso? Und was für eine Rolle spielte Christopher Roth dabei, Minister für alles und nichts? Soviel er wusste, war Roth in zweiter Ehe mit einer milliardenschweren Unternehmerin irgendwo aus dem Fränkischen verheiratet. Gab es da vielleicht eine Verbindung? Hatte Neumann den Mann erpresst, aufgrund ihrer Verbindung von Waging her? Hatte diese Clique vielleicht mit Drogen gedealt und dabei einen Toten produziert, der verschwinden musste? Hatten sie jemanden umgebracht, einen Spitzel vielleicht, einen Verräter oder einen Konkurrenten? Kein sehr guter Abschnitt in der Biographie eines Politikers mit Ambitionen auf den Sessel des Ministerpräsidenten. Und jetzt war Neumann tot! Vielleicht doch ermordet. Genauso wie ihre Leiche im Moor.

20

„Na so was, dass ich das noch erleben darf, der berühmte Kommissar Gruber bei mir in meiner kleinen Hütte …“ Polizeioberwachtmeister im Ruhestand Gernot Weber schüttelte Gruber betont herzlich die Hand. „Lange nicht gesehen, Herr Kollege.“

„Freut mich ebenfalls“, erwiderte Gruber. Und mit Blick auf die Blumenpracht ringsum. „Wunderschön haben Sie es hier. Ich wünschte mir, in meinem Garten würde es genauso aussehen.“

„Reine Beschäftigungstherapie … Was trinken Sie?“

„Haben Sie zufällig ein alkoholfreies Bier da?“

„Habe ich.“

Weber verschwand im Haus, und Gruber ließ sich in einen der Gartenstühle fallen. Relativ entspannt und zufrieden mit sich. Immerhin hatte er den halben Vormittag damit verbracht, mit allen möglichen Stellen zu telefonieren, um herauszufinden, wer seinerzeit alles im Streifendienst tätig gewesen war. Nach vierzig Jahren und bei häufig fehlenden Unterlagen keine gerade leichte Aufgabe. Zumal sich das ganze Geschehen auch noch im Bereich der Polizeiinspektion Laufen abgespielt hatte. Aber letztendlich hatte er erfahren, wonach er gesucht hatte, mit Weber telefoniert und ein Treffen vereinbart.

Weber stellte die Flasche und ein Glas auf den Tisch und setzte sich dann Gruber gegenüber.

„August neunundsechzig, ja", begann er. „Eine schreckliche Geschichte, werde ich nie vergessen."

„Kann ich mir vorstellen", sagte Gruber.

„War eigentlich eine reine Routinekontrolle, ohne konkreten Verdacht. Und dann so was …"

„Hm, was genau ist eigentlich passiert?"

„Na ja, erst mal gar nichts. Wir halten seinen Wagen an, es war so kurz vor ein Uhr morgens, verlangen Führerschein und Zulassung, und kriegen die Sachen auch anstandslos. War auch alles in Ordnung mit seinen Papieren. Aber dann hat ihn der Kollege …"

„Gottfried Mitterbichler?"

„Genau. Also, der Gottfried fragt ihn, ob er was getrunken habe. Der Kirchhammer sagt Nein, aber der Gottfried glaubt ihm das nicht und sagt, dass er gerne einen Test machen würde. Der Kirchhammer sagt noch, wenn's unbedingt sein muss, startet dann aber plötzlich den Motor und prescht davon. Wir natürlich hinterher. Erst rund um den Waginger See und dann über Petting hinauf nach Aich, wo er Richtung Teisendorf weiter ist, bis es dann bei Rückstetten …"

Weber stieß einen Seufzer aus und verstummte.

Gruber drängte ihn nicht. Es war offensichtlich, dass Weber noch heute unter diesen Ereignissen litt.

„Ich meine, wenn wir geahnt hätten, was passieren würde, hätten wir vielleicht anders gehandelt", sagte Weber nach einer Pause. „Aber so …"

„Niemand macht Ihnen Vorwürfe …"

„Sagen Sie das nicht. Vielleicht haben Sie es ja schon gelesen, aber die Pressefritzen haben uns damals ganz schön die Hölle heiß gemacht. Und die Angehörigen von den Opfern wollten sogar gerichtlich gegen uns vorgehen. Für die waren wir die Bösewichte, die den armen Kerl so lange gehetzt haben, bis die Sache außer Kontrolle geraten ist."

„Typisch", sagte Gruber nur.

Weber nickte zustimmend, blieb aber stumm.

„Es gab also keinerlei Hinweise, dass Kirchhammer in irgendwelche illegalen Geschäfte verwickelt gewesen sein könnte?", vergewisserte sich Gruber.

Weber schüttelte müde den Kopf. „Überhaupt nicht."

„Und dann? Ich meine, wie ist der Unfall denn genau passiert?"

„Na ja, wie gesagt, der Kirchhammer ist wie der Teufel gerast und hat dabei die ganze Straße gebraucht. Und ein Simca auf der Gegenspur, der wohl auch einiges draufhatte, ist ihm ausgewichen, in die Wiese rein und hat sich dabei ein paar Mal überschlagen. Die zwei jungen Leute im Wagen waren sofort tot."

„Verstehe ..."

„Seinen Wagen, einen Opel Kapitän, haben wir am nächsten Tag in einem Waldstück zwischen Holzhausen und Ringham entdeckt. Aber von ihm selbst keine Spur. Obwohl wir wirklich alles auf den Kopf gestellt haben. Ein paar Tage später haben wir dann gehört, dass er in Richtung Asien, also nach Persien oder Indien abgehauen sein soll. Aber obwohl international nach ihm gefahndet wurde, nichts."

„Ich nehme an, Sie haben damals neben seiner Familie auch mit seinen Freunden gesprochen?"

„Ja, klar, und nicht mit wenigen. Aber die haben sich alle dumm gestellt. Und was seine Familie angeht, so gab's da nur seine Mutter. Aber die hatte angeblich auch von nichts eine Ahnung."

„Namen wissen Sie keine mehr, fürchte ich?"

Webers Gesicht hellte sich auf. „Doch, natürlich. Jedenfalls einen. Habe ich nie vergessen, wie auch? Der Christopher Roth war auch dabei ..."

„Interessant. Und die waren alle sauber?"

„Ja. Jedenfalls konnten wir ihnen nicht das Gegenteil beweisen."

„Könnte der Kirchhammer ein Drogendealer gewesen sein? Ich meine, Waging war damals doch ziemlich bekannt für seine Szene."

„Möglich. Aber wie gesagt …" Weber zuckte hilflos mit den Schultern.

„Oder gab es um diese Zeit noch andere Auffälligkeiten, irgendwelche Aktivitäten, die ungewöhnlich waren?"

Weber überlegte kurz. „Jetzt, wo Sie es sagen, fällt's mir wieder ein. Es gab damals tatsächlich eine Reihe von Einbrüchen, meist in Wochenendhäuser oder abgelegene Bauernhäuser. Wobei der Schaden, der dabei angerichtet worden ist, meist höher war als die Beute. Aber soweit ich mich erinnern kann, wurde nie jemand gefasst."

Gruber nickte.

„Jetzt hätte ich mal eine Frage, wenn's recht ist?", sagte Weber.

„Nur zu …"

„Die Leiche, die ihr gestern da zwischen Waging und Teisendorf aus dem Moor rausgeholt habt, ist das vielleicht der Kirchhammer? Ich meine, warum wärst du sonst hier?"

„Das werden wir hoffentlich bald wissen. Es gibt jedenfalls ein paar Hinweise darauf …"

„Etwa im Zusammenhang mit dem Toten in Trostberg, der die Treppe runtergefallen ist?"

Gruber grinste. „Gut kombiniert."

Weber grübelte sekundenlang vor sich hin. Sagte dann mit leicht bedrückter Stimme: „Das würde dann ja wohl bedeuten, dass der Kirchhammer damals gar nicht abgehauen ist, sondern umgebracht wurde. Oder warum sonst hätte man seine Leiche mitten im Moor vergraben sollen?"

„So ist es."

„Und wer könnte das gemacht haben? Und vor allem, warum?"

„Genau daran arbeiten wir … Aber erst mal müssen wir abwarten, ob es sich auch wirklich um die Leiche vom Kirchhammer handelt."

21

„I' glab ned, dass sie den nächsten Winter no dapackt", sagte der vierschrötige, etwa sechzigjährige Mann mit Arbeitsschürze, während er Gruber und Bischoff hinüber zu dem kleinen, baufälligen Nebengebäude führte, das sie als Adresse von Frau Kirchhammer ermittelt hatten.

„I' moan jetzt ned damit, dass sie sterbenskrank wär oder so", sagte der Mann weiter, „aber sie ko scho länger nimmer treppensteig'n und a sonst lassen ihre Fiaß gewaltig nach. Abei mei, sie is hoid scho seit über achzge."

„Wohnt sie schon länger hier bei Ihnen?", fragte Bischoff.

„Seit fast zwanz'g Jahr' ..."

Am Haus angekommen, klopfte der Mann an die Holztür und rief: „Maria, da is' B'suach für di'." Nickte den Beamten dann zu und ging zurück auf seinen Hof, um weiter Holz zu hacken.

Die Frau, die Gruber und Bischoff gleich darauf die Tür öffnete, wirkte verhärmt und zerbrechlich. Sie trug ein Kopftuch, trotz der sommerlichen Wärme einen dicken Pullover und hatte einen ebenso dicken Schal um den Hals gewickelt. Um ihre Beine schlich eine grau-schwarz gefleckte, unglaublich fette Katze. Gruber zeigte seinen Ausweis vor.

„Mein Name ist Gruber, Kripo Traunstein“, sagte er. „Das hier ist meine Kollegin Bischoff. Dürften wir Ihnen ein paar Fragen stellen, Frau Kirchhammer?“

Die Frau nickte nur und führte die Beamten gleich rechts vom Eingang in eine kleine, unaufgeräumte Stube mit einem Holzofen in der Ecke. Sie deutete zum Tisch. „Bitte … Entschuldigen'S bitte des Durchanand', aber meine Fiaß … Sonst kommt jeden zwoaten oder dritten Tag mei Schwesta vorbei, aber de liegt zur Zeit im Krankenhaus.“

„Hoffentlich nichts Schlimmes?“, merkte Bischoff an.

„Wia man's nimmt. Is' es wieder wegen dem Heinz?“

„Wieder?“, fragte Gruber erstaunt.

„Is' erst a paar Jahr' her, da war a oaner da, so oaner wie der Matula aus'm Fernsehen, so a Privatdetektiv. Hat wissen woll'n, ob der Heinz ned vielleicht doch z'ruckkemma wär und irgendwo unter falschem Nam' leben tät.“

„Was nicht der Fall ist, nehme ich an?“

Die Frau schüttelte kaum merklich den Kopf und ließ sich auf den Stuhl neben dem Ofen fallen. Gruber und Bischoff blieben stehen.

„Es war für Sie wohl ein schwerer Verlust“, sagte Bischoff etwas unbeholfen.

„Des kann man wohl sag'n. Der Heinz war mei' einziger Sohn. Und a braver Bua. Seitdem hob i' an koan Tag mehr a Freid g'habt. Aber vielleicht erlöst mi' der Herrgott ja bald."

„Heißt das, dass Sie nach diesem Unfall nie wieder von ihm gehört haben?", fragte Gruber.

„Ned ganz."

Die Frau erhob sich, öffnete eine Schublade des Küchenschranks und holte mit zittrigen Fingern eine stark abgegriffene Postkarte hervor. Sie reichte Gruber die Karte. Eine Stadtansicht von Kabul, wie er der Rückseite entnehmen konnte. Und dort standen auch, kaum mehr lesbar, die Worte „To Anna Kirchhammer, Fridolfing, Germany. Your son is very ill and I hope, I can find some medicine for him." Unterzeichnet mit Jim Perkins, soweit Gruber dies entziffern konnte. Datum 14. April 1970.

„Und das war das letzte Lebenszeichen von ihm?"

Die Frau nickte, nun mit Tränen in den Augen. „Ja. Aber ich woas, dass er tot ist. Des hätt' er mir nie angetan. Er war ein guader Bua, nur in schlechte G'sellschaft g'raten. Sonst wär des nie passiert."

„Sie meinen, damals in Waging?"

„Ja. I' hob immer zu eahm g'sagt, mach erst dei Lehr' fertig und dann kannst schau'n. Aber na…"

„Hat sich eigentlich von seinen damaligen Freunden mal jemand gemeldet bei Ihnen?", fragte Bischoff. „Nachgefragt, was aus Ihrem Sohn geworden ist, ob Sie etwas von ihm gehört haben?"

Die Frau schüttelte unerwartet energisch den Kopf. „Na, nia. Koa Mensch hat sich blick'n lassen. Nur die Polizei und a paar Reporter, und dann die Anwälte von de Leit, die bei dem Unfall ums Leben g'kommen san. Die wollten sogar noch Geld von mia."

„Aber Sie haben auch daran geglaubt, dass er geflohen ist?"

Die Frau nickte erneut. „Ja. Und dann ist er wahrscheinlich im Ausland umkemma, an einer Krankheit g'storben. So a Dummheit …" Sie setzte sich wieder und rieb sich die abgearbeiteten Hände.

Gruber und Bischoff blickten sich an. Jetzt war der kritische Punkt erreicht. Offensichtlich hatte die Frau noch nichts von ihrem Leichenfund gehört, sonst hätte sie vermutlich längst nachgefragt.

„Sagen Sie, wissen Sie zufällig noch, welche Jacke Ihr Sohn in jener Nacht getragen hat?", fragte Bischoff.

„A schwarze Lederjacke. Sein ganzer Stolz. Wieso?"

„Und wissen Sie auch noch, ob er eine Uhr getragen hat?", fragte Gruber mit gepresster Stimme.

„Ja. Hat er immer. A G'schenk von seinem Onkel Alois zur Firmung."

Gruber räusperte sich. „Es könnte sein, dass wir Ihren Sohn gefunden haben, Frau Kirchhammer."

„Was? Da, bei uns?"

Gruber blickte hilfesuchend zu Bischoff.

„Ja. Oder besser gesagt, wir haben eine Leiche gefunden, vergraben in einem Waldstück bei Nirnhartig, in der Nähe von Waging", sagte Bischoff. „Und wir haben ein paar Hinweise darauf, dass es sich dabei um Ihren Sohn handeln könnte."

„Des glab i' ned. Er ist doch ins Ausland …"

Gruber zog die Uhr, die sie der Leiche abgenommen hatten, aus seiner Jackentasche und hielt sie der Frau mit einer stockenden Bewegung hin. Zu seiner Erleichterung brach sie nicht auf der Stelle zusammen oder gab ihnen sonst Anlass, sofort einen Arzt herbeizurufen. Nur ihr runzliges Gesicht erstarrte zu einer Maske der Verzweiflung, und aus ihrem halbgeöffneten Mund kam ein Laut, der Gruber an das Piepsen des verletzten Vogels erinnerte, den er vor ein paar Jahren in seinem Garten gefunden hatte.

„Ich gehe mal rüber zum Bauer und frage ihn, ob er jemanden kennt, der sich um sie kümmern kann", sagte Bischoff leise zu Gruber. „Die braucht jetzt unbedingt psychologischen Beistand."

„Gute Idee."

22

„Kennen wir uns?"

Die Frau, die Gruber gegenüber stand, war etwa in seinem Alter, mit leicht fülliger Figur, das blonde, knapp schulterlang geschnittene Haar schon mit grauen Strähnen durchzogen. Aber immer noch attraktiv, wie er fand, mit ihren strahlend blauen Augen und der unverkennbaren Stupsnase. Und auch das warme Lächeln kam ihm bekannt vor, versetzte ihn auf der Stelle zurück an diesen Abend, an den er in späteren Jahren so oft gedacht hatte. Als er abseits vom Trubel etliche Stunden mit ihr zusammen auf dieser Mauer am See gehockt, Bier getrunken, geredet und gelacht und sich nebenbei einen Joint mit ihr geteilt hatte. Wieso nur hatte er damals so wenig Initiative gezeigt? Aber hätte er überhaupt Chancen gehabt? Als Typ zum Reden war er immer gefragt gewesen, aber für den Rest ... Begehrt gefühlt hatte er sich selten.

Er lächelte zurück und sagte: „Allerdings. Liegt aber schon ein paar Jahrzehnte zurück."

Der Blick der Frau verdüsterte sich. „So?", sagte sie nach einer Pause abweisend.

Gruber zeigte seinen Ausweis vor. „Gruber, Kriminalpolizei Traunstein."

„Ich verstehe nicht ..."

„Nun ja, dass Sie nicht mehr wissen, wer ich bin, kann ich verstehen“, sagte Gruber. „Aber vielleicht sagt Ihnen der Name Schott noch etwas? Walter Schott. Vom Seestadl her ...“

„Soll das ein Witz sein? Das ist fast vierzig Jahre her. Also, was möchten Sie?“

„Über Ihre Freunde von damals reden. Manfred Neumann, Christopher Roth, Heinz Kirchhammer ...“

„Und wieso?“

„Weil ich zwei Leichen am Hals habe und wissen möchte, was hier los ist. Oder anders formuliert: Ich möchte wissen, wie es kommt, dass jemand, der vor vierzig Jahren angeblich spurlos ins Ausland verschwunden ist, hier als Moorleiche wieder auftauchen konnte?“

„Der Tote drüben im Weitmoos?“

„Genau ...“

Ingrid zuckte mit den Schultern. „Da müssen Sie andere fragen. Ich war damals mit vielen Leuten befreundet. Oder besser gesagt, mehr oder weniger bekannt. Außerdem bin ich kurz danach von zuhause weg und habe woanders sehr viel mehr erlebt als in Waging. Darüber könnte ich Ihnen einiges erzählen.“

Gruber nickte. „Verstehe ...“

„Sonst noch was?“

„Und Schott, was ist mit dem? Haben Sie den auch aus Ihrer Erinnerung gelöscht?“

Die Frau schüttelte den Kopf. „Tut mir leid, aber der Name sagt mir nichts.“

Gruber trat ein paar Schritte zur Seite und blickte in die Runde. Er hatte nicht erwartet, Ingrid hier vorzufinden, hier in dieser Idylle am Ende eines kleinen Tals bei Petting, in einem alten, baufälligen Bauernhaus, umgeben von Wald, Wiesen und Kühen. Er wusste nicht genau warum, aber er war überzeugt davon gewesen, dass sie weit weg von der Provinz Karriere gemacht hätte, vielleicht sogar irgendwo im Ausland, in Paris, London oder New York. So idealistisch, forsch und voller Ideen, wie sie sich seinerzeit gegeben hatte. Hatte sie es nicht geschafft und war nun zurück in die alte Heimat geflüchtet, wo Familie, Verwandtschaft und alte Freunde einen auffangen konnten? Wie auch immer, er fühlte sich plötzlich getäuscht, beinahe beleidigt. Alles nur Sprüche, dachte er, aber nichts dahinter.

„Tut mir leid, aber ich glaube Ihnen kein Wort“, sagte er schroff.

„Nein? Und was wollen Sie dagegen unternehmen?“

„Sind Sie so dumm oder tun Sie nur so“, blaffte Gruber die Frau an. „Wir wissen, dass Neumann jemanden erpresst hat. Vermutlich denjenigen, für den er Kirchhammers Leiche weggeräumt hat. Also einen Mörder. Und wir wissen auch, dass Sie mit diesen Leuten zusammen waren, wenn vielleicht auch nur für ein paar Monate. Und jetzt ist Neumann auch tot, vielleicht ebenfalls ermordet. Glauben Sie wirklich, Sie könnten sich da raushalten?"

Zu seiner Überraschung lächelte die Frau erneut. Zwar reichlich gezwungen, aber immerhin. Sie sagte: „Deswegen musst du nicht gleich wütend werden, Andreas."

„Also doch ..."

„Ja. Aber offen gesagt, nur, weil du damals immer mit dem Schott zusammen warst. Jedenfalls, bis der plötzlich weg ist nach Berlin."

Gruber nickte nur.

„Aber was die Geschichte mit dem Neumann und deiner Leiche angeht, sorry. Was immer da passiert ist, ich habe nichts davon mitbekommen."

Auf der Straße, die hinter dem Haus in den Wald hineinführte, wurden ein paar Spaziergänger sichtbar. Vier grell gekleidete Nordic Walker, die mit weit ausholenden Schritten nun auf sie zukamen.

„Vielleicht sollten wir ins Haus gehen", schlug Gruber vor.

Ingrid machte eine Handbewegung, die er als Einladung interpretierte, und so ging er neben ihr her zum Haus. Die Frau führte ihn in die Küche, in der auf dem Tisch noch die Überreste vom Mittagessen herumstanden und die auch sonst nicht sonderlich aufgeräumt war. Aber es roch irgendwie gut und Gruber spürte, wie sein Ärger verflog.

„Möchtest du einen Kaffee?", fragte sie.

„Immer …"

„Ich habe ein paar Mal auch was über dich gelesen", sagte sie, während sie an der Kaffeemaschine rumhantierte. „Hätte nie gedacht, dass du das bist, dass du Polizist geworden bist."

„Tja …"

„Und, glücklich in deinem Beruf?"

„Glücklich wäre etwas übertrieben. Aber ich denke, dass ich ganz zufrieden sein kann, alles in allem gesehen. Und bei dir? Die Leute, bei denen ich mich nach dir erkundigt habe, haben gesagt, du würdest irgendwas mit Schmuck machen?"

„Stimmt. Kann ich dir nachher zeigen. Ich habe oben mein Atelier …"

„Und, kann man davon leben?"

„Kommt darauf an, was für Ansprüche man stellt, würde ich sagen."

„Und was hast du früher gemacht? In der Zeit, die um so vieles interessanter war als deine Zeit in Waging?"

„Meine Lebensgeschichte erzähle ich dir ein

andermal, okay?“ Sie deutete zum Tisch. „Räum doch schon mal ab und stell Tassen hin. Ich komme gleich wieder.“

Die Frau verschwand zur Tür hinaus in den Flur, und Gruber tat, was ihm aufgetragen worden war. Als er fertig damit war, betrat er das Wohnzimmer, in dem neben vielen Büchern auch Unmengen von Zeitschriften herumlagen. Hauptsächlich Modeblätter und das eine oder andere Musikmagazin. Er nahm ein paar davon in die Hand, bis ihm eine ältere Ausgabe einer Fachzeitschrift für Alpinisten auffiel. Mit einem Mann auf dem Titelbild, der ihm nicht unbekannt war. Alfred Weigel. Extrembergsteiger, Filmemacher und Buchautor. Er schlug die Zeitschrift auf und blätterte die entsprechenden Seiten durch.

„Interessierst du dich auch für's Bergsteigen?“, fragte Ingrid, die neben ihn getreten war und nun einen Hauch von Parfüm verströmte.

„Das wollte ich dich gerade fragen“, erwiderte Gruber.

„Warum nicht? Der Mensch muss in Bewegung bleiben, in jeder Hinsicht …“

Gruber ersparte sich einen Kommentar. Er legte die Zeitschrift zurück, folgte der Frau in die Küche und setzte sich zu ihr an den Tisch. Er probierte den Kaffee und eine der Obstschnitten, die Ingrid bereitgestellt hatte. Beides schmeckte ihm köstlich.

„Und du, bist du nie aus Traunstein rausgekommen?“, fragte Ingrid.

„Ich war mal auf Teneriffa, als ich noch verheiratet war …“

„Oh. Und?“

„Sehr schön, zumindest im Norden.“

Gruber stützte sich mit den Ellbogen auf dem Tisch ab und streckte die Beine aus. Er fühlte sich unvermutet richtig behaglich. Der Druck der letzten Tage war plötzlich wie weggewischt und er wünschte sich, er könnte einfach so sitzen bleiben, bis ans Ende aller Tage. Wenn da nicht dieses verdammte Bergsteiger-Magazin gewesen wäre. Das einzige dieser Art, das er gesehen hatte. Und Weigel war etwa sein Jahrgang. Fünfzig oder einundfünfzig, so wie Neumann und die anderen. Nur ein Zufall? Oder lag dies Magazin nur herum, weil Weigel ebenfalls aus der Gegend stammte und relativ berühmt war? Oder zählte der Mann auch zu der Waginger Clique, zu dem Kreis um Neumann, Kirchhammer und Roth?

„Ich würde dir wirklich gerne helfen“, sagte Ingrid dann. „Aber wie schon gesagt …“

Gruber winkte ab. „Ist schon okay. Auf diese Weise haben wir uns wenigstens mal wieder getroffen.“

„Ja. Schon seltsam, nicht?“

Grubers Handy klingelte.

Es war Bischoff.

„Und, hast du sie aufgetrieben?“, fragte sie.

„Habe ich“, erwiderte Gruber ebenso kurzangebunden.

„Und, was erzählt sie?“

„Nichts, was uns weiterbringen würde.“

„Okay, dann bis morgen.“

23

Es war schon nach sieben, als Gruber sein Büro betrat. Und er hatte kaum das Fenster geöffnet und seinen PC eingeschaltet, als Bischoff unvermutet im Zimmer stand.

„Du bist noch da?“, fragte er verwundert.

„Warum nicht? Und, wie war's bei deiner Exfreundin?“

Gruber setzte sich und lächelte versonnen. „Schwer zu sagen. Nicht unangenehm jedenfalls ...“

„Und sonst? Rein beruflich gesehen?“

„Könnte sein, dass wir einen neuen Namen auf unserer Liste haben: Alfred Weigel.“

„Etwa dieser Extrembergsteiger?“

„Genau der.“

„Ist dir auf der Fahrt irgendetwas aufgefallen?“, fragte Bischoff dann übergangslos.

„Was?“ Gruber verstand nicht. „Was soll mir denn aufgefallen sein?“

Bischoff deutete mit einer Kopfbewegung, die keinen Widerspruch zuließ, zur Tür. „Komm mit rüber zur Werner. Wir haben was zu bereden.“

Gruber erhob sich widerwillig und folgte Bischoff in das Büro der Staatsanwältin. Er hatte eigentlich vorgehabt, noch ein bisschen Schreibkram zu erledigen und den Rest des Abends in Erinnerungen zu schwelgen, bei einem Glas Wein und Seestadl-Musik darüber zu sinnieren, was aus diesem Wiedersehen mit Ingrid vielleicht herauszuholen war. Vorausgesetzt natürlich, sie hielt ihn nicht zum Narren und wusste wirklich nichts über Neumann & Co. Doch der Anblick der Staatsanwältin sagte ihm, dass daraus wohl nichts werden würde. So ernst und nachdenklich, fast schon bedrückt, hatte er die Werner nur selten erlebt. Gab es Schwierigkeiten, Druck von oben vielleicht? Hatte Roth interveniert?

„Gibt es Fortschritte?“, fragte sie, nachdem er neben Bischoff vor ihrem Schreibtisch Platz genommen hatte.

„Nicht direkt“, erwiderte Gruber. „Wir haben ein paar Namen aus Neumanns Umfeld, aber was dabei herauskommt, ist noch völlig offen. Das Problem ist einfach, dass bei einem derartigen zeitlichen Abstand jeder mit ziemlicher Glaubwürdigkeit behaupten kann, er könne sich an nichts erinnern.“

Dr. Werner nickte nur. „Ich habe leider schlechte Nachrichten …“, sagte sie nach einer Pause.

„Inwiefern?“

„Nun ja, noch ist es nur ein Gerücht, aber ich denke, wir sollten die Sache dennoch ernst nehmen und entsprechend reagieren …“ Dr. Werner brach ab und blickte hilfesuchend zu Bischoff.

„Wir haben gerade erfahren, dass der Hauser einen Killer auf dich angesetzt haben soll“, ergänzte Bischoff.

„Einen Killer, auf mich?“ Gruber schüttelte ungläubig den Kopf. „So ein Blödsinn. Der Mann ist seit über vier Monaten tot.“

„Okay, angesetzt ist vielleicht etwas übertrieben“, berichtigte sich Bischoff. „Aber er soll nach jemandem gesucht haben, der vielleicht jemanden kennt, der wiederum ... So in der Richtung, verstehst du. Also kann das gut länger als vier Monate her sein.“

„Und woher stammt diese Information, wenn ich fragen darf?“

„Ein Drogendealer, der mit Hauser in der JVA einsaß, ist vorgestern mit einer Ladung Heroin erwischt worden“, sagte Dr. Werner. „Er hat den Kollegen mit eben dieser Information einen Handel angeboten.“

„Die würden doch so ziemlich alles behaupten, um sich ein Stück weit aus der Bredouille zu ziehen“, warf Gruber ein.

„Sicherlich. Und die Kollegen sind auch mit Hochdruck dabei, alles zu überprüfen. Was in diesem speziellen Fall auch heißt, dass sie dem Mann soweit wie möglich entgegenkommen werden. Trotzdem sollten wir schon jetzt davon ausgehen, dass es stimmt und sofort entsprechende Maßnahmen treffen."

„Und wie würden die aussehen?"

„Sie erhalten ab sofort Personenschutz und machen nur noch Innendienst. Oder noch besser, Sie treten einen unbefristeten Urlaub an und warten ab, bis wir die Sache in den Griff bekommen haben."

Gruber erhob sich und stellte sich mit dem Rücken zu Dr. Werner und Bischoff ans Fenster. Er dachte an den Einbrecher in seinem Garten, an den angeblichen Reporter an Neumanns Haus. Das Puzzle fügte sich zusammen, ob ihm das nun passte oder nicht. Ein Schauder durchlief seinen Körper, kalter Schweiß trat ihm auf die Stirn, und sein Herz machte ein paar Extraschläge. Herrgott, eigentlich könnte er längst tot sein, konnte er von Glück sagen, dass er hier stand, unversehrt. Bischoff räusperte sich. Er drehte sich um. Die Aufforderung, endlich auszupacken, stand ihr ins Gesicht geschrieben.

„Auch wenn ich's immer noch nicht glauben kann", sagte er, „aber es kann sein, dass der Kerl schon hier ist", sagte er.

„Wie bitte?" Die Staatsanwältin blickte Gruber mit entsetzter Miene an.

Gruber setzte sich wieder und wischte sich den

Schweiß von der Stirn. „In der Nacht zum Sonntag hat jemand versucht, bei mir einzubrechen", sagte er. „Und vorgestern ist ein Typ, der sich als Reporter ausgegeben hat, vor Neumanns Haus aufgekreuzt …"

„Ein Grund mehr, sofort zu reagieren", war die Antwort der Staatsanwältin.

Eine Weile herrschte gespanntes Schweigen. Jeder brütete vor sich hin. In Grubers Kopf formte sich ein Plan. Es war kein besonders toller Plan, wie er fand, aber auch kein direkt schlechter. Vor allem dann, wenn er an die Alternativen dachte. Sicher, sein gesunder Menschenverstand riet ihm, dem Vorschlag der Staatsanwältin zu folgen. Der Bedrohung auszuweichen und die Sache zu delegieren. Aber sein Fachverstand sagte ihm, dass er damit nicht viel gewonnen hätte. Dass dies bestenfalls eine Notlösung wäre. Von seinem Stolz ganz zu schweigen. Alles aufgeben und wie ein Dieb in der Nacht verschwinden, nur weil irgend so ein Fiesling Terror machte, nein, das würde er ganz bestimmt nicht machen. Er sagte: „Das bringt überhaupt nichts, fürchte ich …"

Dr. Werner und Bischoff blickten ihn überrascht an.

„Was bringt nichts?", fragte Dr. Werner.

„Dieses Ausweichmanöver. Wie wollen Sie den

Kerl fassen, wenn Sie mich aus der Schusslinie ziehen?"

„Ich denke, erst einmal geht es darum, Ihr Leben zu schützen. Und erst in zweiter Linie ..."

„Und ich denke, dass uns in erster Linie daran gelegen sein sollte, den Kerl auszuschalten", beharrte Gruber. „Oder soll ich mich vielleicht mein Leben lang verstecken?"

„Was schlagen Sie also vor?"

Gruber und Bischoff wechselten einen Blick. „Ich mache weiter wie bisher, ganz einfach", sagte Gruber mit bemüht fester Stimme. „Nur eben doppelt so vorsichtig und immer darauf gefasst, den Kerl zu erwischen, bevor er mich erwischt."

„Das soll wohl ein Witz sein?" Die Staatsanwältin war nicht amüsiert.

„Absolut nicht", wehrte Gruber ab. „Immerhin können wir jetzt bei aller Vorsicht davon ausgehen, dass er nicht vorhat, als Scharfschütze aus weiter Entfernung loszulegen. Oder mich mit einer Autobombe aus dem Weg zu räumen. Dass er etwas anderes vorhat. Etwas Primitiveres, etwas aus kurzer Distanz. Warum sonst wäre er mir in Neumanns Haus so dicht auf die Pelle gerückt? Vielleicht ist er ja nichts weiter als ein kleiner, dummer Mistkerl, der ... Ich meine, wenn er ein richtiger Profi wäre, so wie dieser Film-Schakal, dann wäre ich doch garantiert längst hinüber. Und das erhöht unsere Chancen ganz gewaltig, würde ich sagen. Schließlich heißt es nicht umsonst: Ein erkannter Feind ist nur noch halb so gefährlich. Und dass ich mich notfalls meiner Haut wehren kann, das wissen Sie."

„Das war ein einziges Mal in dreißig Jahren ..."

„Na und?"

Die Staatsanwältin beugte sich vor und blickte Gruber fest in die Augen. „Verstehe ich das richtig: Sie wollen ihm eine Falle stellen, mit sich selbst als Köder?"

„Exakt."

„Sie glauben doch nicht im Ernst, dass ich damit einverstanden bin", entgegnete sie kopfschüttelnd.

„Ich bin ja auch noch da", sagte Bischoff.

„Sie sollten ihm lieber zureden, nicht den Helden zu spielen, statt ihm Gesellschaft zu leisten", erwiderte Dr. Werner scharf.

„Tu ich doch gar nicht. Außerdem, wer weiß, vielleicht stehe ich auch auf der Abschussliste."

Erneutes Schweigen.

„Nun ja, vielleicht gibt es tatsächlich eine Möglichkeit", sagte die Staatsanwältin dann.

24

„Was mir echt Sorgen macht, ist der Wald", sagte Bischoff. „Der ist verdammt nah. Da bräuchte der Typ nicht mal ein Gewehr, fürchte ich."

„Ich kann den Besitzer ja fragen, ob er das Areal nicht abholzen könnte", erwiderte Gruber.

„Du kennst ihn?"

Gruber nickte. „Ja. Gehört dem Bauern gleich um die Ecke den Berg rauf."

Bischoff warf einen letzten prüfenden Blick in die Umgebung und folgte Gruber dann ins Haus. Gruber brachte aus der Küche alkoholfreies Bier, Orangensaft, Salzstangen und Schokoplätzchen ins Wohnzimmer, während Bischoff sich im Haus umschaute und vom Keller bis zum Dachboden alles darauf abklopfte, ob es nicht doch einen schwachen Punkt in Grubers Festung gab.

„Und du meinst, du hältst das wirklich für längere Zeit durch?", fragte Bischoff. „Immer mit dem Rücken zur Wand, wie so ein Revolverheld in einem schlechten Wildwestfilm?"

„Warten wir's ab."

„Und was machst du, wenn er seine Strategie ändert? Wenn er während deiner Abwesenheit hier eindringt und, nur als Beispiel, deinen Kühlschrank mit Sprengstoff präpariert?"

„Dazu hätte er doch längst Gelegenheit gehabt", entgegnete Gruber.

„Sagte die Gans einen Tag bevor sie geschlachtet wurde …"

Gruber sagte nichts.

„Und ich soll wirklich nicht über Nacht bleiben?", fragte Bischoff nach einer Pause.

Gruber grinste müde. „Nichts lieber als das", sagte er schließlich. „Aber nicht ganz glaubwürdig, findest du nicht? Und wir wollen ja, dass alles ganz normal weitergeht, oder nicht?"

„Hm, ich frage mich nur, wie der Hauser das bewerkstelligt haben soll", sagte Bischoff. „Ich meine, dass er jemanden gesucht und gefunden hat, okay. Aber wie hat er den Scheißkerl bezahlt? Ich kann mir nicht vorstellen, dass sich seine Anwälte auf so etwas eingelassen hätten. Oder, dass er einem Typen vertraut hat, den er im Knast kennen gelernt hat. So einer hätte sich doch nur die Kohle gekrallt und wäre dann abgedampft …"

„Darüber habe ich auch schon die ganze Zeit nachgedacht", nahm Gruber den Faden auf. „Und ich schätze, es könnte über seine Frau gelaufen sein."

„Das wäre aber ganz schön heftig!"

„Sicher. Aber auch nur logisch. Wir wissen doch mit ziemlicher Sicherheit, dass Hauser irgendwo im Ausland noch Geld und Wertpapiere deponiert hatte, auf die seine Frau aber höchstwahrscheinlich keinen Zugriff hatte. Also könnte es folgendermaßen abgelaufen sein: Er kriegt von seinen Kumpels im Knast einen Namen zugesteckt, der für den Job in Frage kommt. Dann beauftragt er seine Frau, mit dem Kerl Kontakt aufzunehmen und das Finanzielle zu regeln. Mit dem Versprechen, dass sie als Belohnung anschließend den Rest von seinem Vermögen kassieren kann …"

„Schön und gut, aber wieso taucht der Kerl dann erst jetzt auf? Jetzt, nachdem Hauser längst tot ist und ihm der Auftrag egal sein könnte, er sich nur unnötig in Gefahr begeben würde. Warum macht er sich mit dem Geld nicht einfach ein schönes Leben?"

„Das fragen wir ihn, wenn wir ihn haben …"

Bischoff nickte nur und versank wieder in Gedanken. Nach einer Weile stand sie abrupt auf, gab Gruber einen flüchtigen Kuss auf die Stirn und verschwand wortlos zur Tür hinaus. Gleich darauf hörte Gruber ihren Roadster die Straße hinunterbrettern. Er blieb noch kurz sitzen und horchte auf die Stille im Haus, erhob sich dann, ging zur Haustür und sperrte ab. Zurück vorm Fernseher, überdachte er zum x-ten Mal seine Situation. Wo sollte das bloß enden? Wenn er es recht bedachte, hatte sein Plan mehr Löcher als ein Schweizer Käse. Vielleicht wäre es doch besser, er würde alles einpacken und spurlos verschwinden. Sich einfach unsichtbar machen. Aber wäre die Sache damit wirklich und ein für allemal ausgestanden? Selbst wenn er sich bis ans Ende der Welt zurückzog, einen absolut sicheren Ort würde es für ihn nicht mehr geben. Auch Auftragskiller hatten wohl ihren Stolz, so etwas wie eine Berufsehre. Schön, Hauser war tot und konnte keinen Druck mehr ausüben. Dennoch könnte es durchaus sein, dass der Typ ihn weiter verfolgen würde, dass er ihm auf unbestimmte Zeit auf den Fersen bleiben würde. Nein, sagte er sich. Wenn schon, dann wollte er der Gefahr auf eigenem Terrain entgegentreten, da, wo er zuhause war und sich auskannte. Wo der territoriale Imperativ greifen würde. Denn wie hatte dieser Anthropologe, dieser Robert Ardrey, geschrieben: Ein Mann ist am stärksten inmitten seiner vertrauten Umgebung.

Als sein Handy klingelte, wollte er zunächst gar nicht rangehen. Erst als er Schotts Nummer erkannte, nahm er den Anruf entgegen.

„Was ist los, warum höre ich nichts mehr von dir?“, fragte Schott. „Da findest du eine Leiche, ich gebe dir ein paar Tipps, und dann Funkstille. Gibt es Ärger oder so?“

„Ärger ist gut …“ Gruber zögerte kurz, gab sich dann einen Ruck und erzählte Schott mit knappen, möglichst objektiv gehalten Sätzen, was bisher alles geschehen war. Und zu was er sich letztendlich entschlossen hatte.

„Oh, Mann, da steckst du aber gewaltig in der Scheiße“, war Schotts erster Kommentar nach einer Pause. „Und du hältst es wirklich für möglich, dass dieser Scheißkerl schon zweimal in deiner unmittelbaren Nähe war?“

„Absolut.“

„Das spricht aber nicht gerade für einen Profi, würde ich sagen.“

„Ja, schon möglich. Aber wer weiß schon genau, wie so ein Typ tickt. Vielleicht will er absolut auf Nummer sicher gehen. Oder irgendwelche Spielchen mit mir treiben. Vielleicht hat ihn der Hauser nicht nur beauftragt mich umzubringen, sondern mir vorher noch ordentlich Angst einzujagen.“

„Oder er ist auf dem gleichen Trip wie ich damals. Hat vor, dich zu entführen, um dir dann in aller Ruhe zu erklären, warum er dich umbringen wird. Nur dass es in diesem Fall damit allein wohl nicht getan wäre, fürchte ich mal …“

Grubers Magen verkrampfte sich. An diese Möglichkeit hatte er bislang gar nicht gedacht. Klar, das könnte eine Erklärung für das seltsame Verhalten des Unbekannten sein. Der Kerl hatte vor, ihn in seine Gewalt zu bringen. Um ihn dann vielleicht in irgendein Loch zu stecken und dort elend verrecken zu lassen. „Meinst du wirklich?“, fragte er.

Doch Schott ging nicht darauf ein. „Und jetzt?“, fragte er. „Du willst wirklich wie gehabt weitermachen und schauen, was passiert?“

„Wüsste nicht, was ich anderes machen sollte, wenn ich nicht mein Leben lang Angst haben soll, dass hinter der nächsten Ecke einer auf mich lauert.“

„Ja, da ist was dran ... Fragt sich nur, wie lange du diesen Anfall von Heroismus durchhältst, von dem schon der gute alte Nietzsche meinte, er wäre der gute Wille zum Selbstuntergang.“

„Sonst noch was?“

„Ja. Wenn schon, dann besorg dir wenigstens ein paar Jungs, die dir den Rücken freihalten ...“

„Klar, das hat die Staatsanwältin auch vorgeschlagen. Und damit wäre mir auch verdammt wohler. Aber wenn er das spitzkriegt, zieht er sich garantiert zurück und wartet ab. Und irgendwann wird die Überwachung dann doch abgezogen und ich habe den Arsch wieder im Freien.“

Eine neue, längere Pause entstand.

„Bist du noch dran?“, fragte Gruber schließlich.

„Ja, ja ...“ Schott lachte verhalten. „Dann brauchst

du eben jemanden, der nicht wie ein Bulle aussieht", sagte er. „Zum Beispiel so einen alten Sack wie mich. Einen alten, unrasierten Mann, den keiner beachtet oder für voll nimmt. Der quasi unsichtbar ist."

„Was?" Gruber glaubte, nicht richtig gehört zu haben.

„Ich habe den Drecksack Hauser damals doch wochenlang beschattet, ohne dass er was davon mitgekriegt hat, oder?"

„Allerdings."

„Also bin ich ziemlich gut in so was, oder? Außerdem würde ich ja nur schauen, ob dir jemand folgt oder sich in deiner Nähe herumtreibt."

„Na ja, das schon", gab Gruber zögerlich zu.

„Eben. Also wo liegt das Problem? Sowie es heiß wird, alarmieren wir die Kavallerie und dann sollen deine Kollegen von den special forces sich darum kümmern. Du musst nur dafür sorgen, dass die Jungs auch greifbar sind und nicht erst aus München oder von sonst wo anrücken müssen. Es sei denn, du ernennst mich außerdem zu deinem Hilfssheriff, überlässt mir eine Kanone und gibst mir freie Hand."

Gruber räusperte sich. Ihm war bewusst, dass er Schotts Vorschlag auf der Stelle ablehnen sollte, andererseits war ihm gerade ein Stein vom Herzen gefallen. Mit Bischoff und Schott an seiner Seite sah das Ganze gleich anders aus. So würden sie eine reelle Chance haben, einen eventuellen Anschlag abzuwehren. Vielleicht sogar, den Kerl zu fassen und auszuschalten.

„Ich denk drüber nach, okay?“, sagte er. „Aber ich halte es für keine besonders gute Idee, offen gesagt.“

„Ach was, etwas Aufregung reinigt das Blut. Außerdem habe ich im Augenblick eh nicht Besseres zu tun. Also pass auf: Ich werde mir noch heute Nacht alles Notwendige besorgen und bin morgen Abend dann in Traunstein. Wäre doch gelacht, wenn wir den Scheißkerl nicht kriegen würden.“

„Ich schätze, mit dem Notwendigen meinst du eine Waffe?“

„Wahrscheinlich nicht nur eine und nur für alle Fälle.“ Schott lachte. Es klang in Grubers Ohren geradezu übermütig. „Was meinst du, wie viele Filme ich gesehen habe, die keine halbe Stunde gedauert hätten, wenn der Held ’ne Kanone gehabt und sofort reinen Tisch gemacht hätte?“

„Ja, ja, schon gut“, wiegelte Gruber ab. „Aber übertreib’s nicht, das mit dem Notwendigen, hörst du?“

25

„Was ich dich schon immer mal fragen wollte", sagte Bischoff, nachdem sie „Reit im Winkl" hinter sich gelassen hatten und Gruber soeben auf eine schmale, steil ansteigende Straße mit dichtem Fichtenwald zu beiden Seiten abgebogen war. „Hast du eigentlich nie Ambitionen gehabt, dich als Bergsteiger zu versuchen? Ich meine, da liegen die tollsten Berge praktisch vor deiner Haustür …"

Gruber grinste vor sich hin. Die Frage war ihm nicht neu. Aber während er früher nach Ausreden gesucht hatte, keine Zeit, zu wenig Kondition oder so, machte er mittlerweile aus seiner Abneigung keinen Hehl mehr. Frei nach dem Spruch: das Wirtshaus von innen, die Kirche von draußen und die Berge von unten. „Eigentlich nicht", erwiderte er. „Ich genieße den Anblick, aber wenn's hart auf hart kommt, nehme ich die Seilbahn. Hängt wahrscheinlich mit meiner bäuerlichen Herkunft zusammen. Da wäre auch keiner auf die Idee gekommen, nach der ganzen Schufterei in seiner spärlichen Freizeit auf einem Berg herumzukraxeln. Ist ja auch eine Erfindung der Engländer, genau genommen. Die haben im neunzehnten Jahrhundert damit angefangen, erst in der Schweiz und dann überall auf der Welt. Und deswegen sieht's in den Bergen heute auch so aus wie es aussieht."

„Und wie steht es mit Skifahren?"

„Habe ich mal versucht. Hat mir auch keinen Spaß gemacht … Aber den Messner habe ich mal kennengelernt, bei einem Vortrag in der Realschule."

„Und?"

„Ein Verrückter. Aber ein starker Typ."

Gruber bog erneut ab, dieses Mal auf eine mit Schlaglöchern übersäte Schotterpiste, die direkt zu Weigels Anwesen führte, falls er die Karte richtig gelesen hatte. Er behielt Recht: Nach wenigen Minuten erblickte er den eleganten Holzbau mit viel Glas, wie er in der Zeitschrift in Ingrids Wohnung abgebildet war. Eine ehemalige Blockhütte für Waldarbeiter, die Weigel Anfang der neunziger Jahre trotz massiver Proteste seitens diverser Umweltschützer zu einem luxuriösen Bungalow ausgebaut hatte. Er parkte vor dem Haus, neben einem Landrover und einem Audi-Cabriolet, und sie stiegen aus. Sie bewunderten kurz den famosen Ausblick ins Tal, dann fragte Gruber: „Hast du irgendwas bemerkt?"

Bischoff schüttelte den Kopf. „Wäre auch ein bisschen auffällig, wenn er uns hier rauf folgen würde."

„Stimmt auch wieder."

„Was hat heute Morgen eigentlich die Werner von dir gewollt, wenn ich fragen darf?"

„Ahhh, sie hat mir nur mitgeteilt, dass sie mir eine Schutzweste besorgt, etwas ganz Neues, vergleichsweise superleicht und ganz unauffällig zu tragen, wie ein Pullover."

„Das hier ist Privatbesitz", erklang hinter ihnen eine weibliche, ziemlich energische Stimme. „Sie dürfen hier nicht parken."

Die Frau, die lautlos aus dem Haus gekommen war und sie nun feindselig musterte, war vielleicht Mitte dreißig und so etwas wie eine Model-Schönheit, wie Gruber fand. Superschlanke Figur, hübsches Gesicht, arrogantes Gehabe. Gruber und Bischoff gingen auf sie zu. Gruber zückte seinen Ausweis und stellte sich und Bischoff vor.

„Hat man jetzt schon die Kriminalpolizei eingeschaltet, um uns von hier zu vertreiben?", fragte die Frau unbeeindruckt.

„Keineswegs", erwiderte Gruber. „Wir möchten Herrn Weigel nur nach etwas fragen, was lange vor Ihrer Zeit passiert ist."

„Oh, wie geheimnisvoll … Aber Sie haben Glück, er müsste jeden Augenblick zurück sein." Sie hatte es kaum ausgesprochen, als die Beamten am Waldrand einen Mann in Sportklamotten erblickten, der sich vom Bergkamm her im Laufschritt näherte.

„Herr Alfred Weigel?", fragte Gruber.

Der Mann nickte und wischte sich mit dem Handrücken den Schweiß von der Stirn. Aus der Nähe betrachtet, sah er plötzlich eher alt und abgezehrt aus, mit unzähligen winzigen Falten im tief sonnengebräunten Gesicht.

„Mein Name ist Gruber, Kriminalpolizei Traunstein. Das hier ist meine Kollegin Bischoff. Wir hätten da ein paar Fragen an Sie …"

„Und weswegen?" Weigel war nichts anzumerken.

„Wegen ihrer Freundschaft mit Manfred Neumann und Heinz Kirchhammer, oder was haben Sie denn gedacht?"

„Die sind doch beide tot."

„Stimmt. Und genau aus diesem Grund gäbe es da ein paar Fragen."

„Wie kommen Sie überhaupt auf die Idee, ich wäre mit den beiden befreundet gewesen?"

„Wollen Sie es vielleicht abstreiten?", bluffte Bischoff.

Weigel machte eine abfällige Handbewegung. „Na ja, das mit dem Manni hat mich nicht gewundert", sagte er dann. „Der war schon immer so ein Drogenkopf."

„Auch damals schon, zu Ihren Seestadl-Zeiten?"

„Hören Sie, das ist jetzt vierzig Jahre her. Wir sind da einen Sommer lang rumgezogen, haben gekifft und gesoffen und massenhaft Touristenmädels abgeschleppt, und das war's dann. Aus, vorbei, Ende der Geschichte."

„Und Sie hatten nachher überhaupt keinen Kontakt mehr zu Ihren Kumpels von damals?", insistierte Bischoff. „Ich meine, so etwas prägt doch fürs Leben. Mit wem zusammen ich meine erste Alkoholvergiftung hatte, meinen ersten Joint geraucht habe."

„Sehr witzig. Aber Sie müssen es ja wissen …"

„Schön und gut", sagte Gruber. „Aber das mit Ihrem Freund Manni ist noch das kleinere Problem. Kirchhammer dagegen wurde eindeutig ermordet. Und so wie die Fakten liegen, nicht von einem Außenstehenden, sondern von jemandem aus Ihrer Mitte. Also …"

„Also was?"

„Also müssten Sie den Täter kennen. Vielleicht sogar sein Motiv. Einfach alles, was die Sache aufklären könnte."

„Blödsinn. Wenn da irgendwas war, dann nur zwischen dem Manni und dem Heinz."

„Und wie steht es mit dem Christopher Roth", mischte sich Bischoff wieder ein. „Immerhin hat er sich für Sie eingesetzt, wie wir gehört haben. Als Sie unbedingt hier oben bauen wollten, mitten im Naturschutzgebiet."

„Na und? Dafür sind Politiker doch da, oder?"

„Dass sie helfen, bestehende Gesetze zu umgehen, wenn nicht gar zu brechen?"

Weigel setzte zu einer Antwort an, ließ es dann aber doch sein und nahm das Handtuch entgegen, das seine Model-Schönheit zwischenzeitlich geholt hatte. Gruber bedeutete Bischoff mit einer unauffälligen Handbewegung, Weigel nicht weiter unter Druck zu setzen, und sagte begütigend: „Na ja, für so eine Lage würde ich auch all meine Beziehungen spielen lassen. Hat sicher auch eine Stange Geld gekostet, schätze ich?"

Weigel wischte sich den halbnackten Oberkörper ab, warf sich das Handtuch dann über die Schultern. Er sagte: „Da haben Sie, verdammt noch mal, Recht. Aber jetzt können sie mich alle am Arsch lecken. Wenn alles klappt, bin ich in ein paar Monaten weg."

„Sie wollen das hier aufgeben?", fragte Gruber erstaunt. „Jetzt, nachdem Sie solange darum gekämpft haben?"

„Wir befinden uns im freien Fall, wenn Ihnen das noch nicht klar sein sollte. In spätestens zwei, drei Jahren kracht hier alles zusammen. Dann herrscht in diesem Land wieder Anarchie. Und da ich nicht mehr der Jüngste bin, möchte ich dann ganz weit weg sein."

„Und wo wäre das?", fragte Bischoff. „In Alaska vielleicht?"

„Neuseeland."

„Sind Sie deswegen nach dem Abi gleich zur Bundeswehr?", fragte Gruber nach. „Weil Sie sich schon damals auf den großen Crash vorbereiten wollten? Oder wollten Sie nur weg, raus aus einer Umgebung, die mit bösen Erinnerungen verbunden war?"

„Sie geben wohl nie auf?" Weigel lachte. „Haben Sie eigentlich gedient?"

„Auf der Polizeischule, ja."

„Immerhin …"

„War jedenfalls ziemlich ungewöhnlich für die damalige Zeit, finden Sie nicht?", sagte Gruber. „Da hat doch fast jeder verweigert. Oder wenigstens versucht, bei der Musterung eine möglichst schlechte Figur zu machen."

Weigel lachte erneut. Diesmal klang es verächtlich. „Da haben Sie schon wieder Recht. Die wollten sich alle drücken, wollten stattdessen die Welt verbessern, die Arschgeigen. Sozialarbeiter werden, oder Lehrer. Damit sie dann mit Anfang fünfzig in Pension gehen können und Gedichte schreiben, die keiner braucht …“ Weigel verstummte und kratzte sich mit mürrischer Miene am Kopf.

„Meinen Sie damit jemand Bestimmten?“, hakte Gruber nach.

Weigel winkte ab. „Nur so ein Beispiel …“

„Aber jemand aus Ihrer Clique von damals, schätze ich mal?“

„Keine Ahnung. Kann sein. Ich sag doch, ist alles ewig her. Sagen Sie, ich kenne Sie doch. Sie haben vor zwei Jahren doch diesen Mädchenmörder erschossen, diesen Hauser?“

Gruber schüttelte den Kopf. „Den Hauser nicht, aber seinen Komplizen …“

„Trotzdem, war saubere Arbeit. Von Ihrem Schlag müsste es mehr geben. Mit dem Gesindel muss man kurzen Prozess machen. Zack und weg. Ich wünschte ehrlich, ich könnte Ihnen helfen …“

Das glaube ich dir auf’s Wort, dachte Gruber und gab Bischoff einen Wink, der so viel wie Abmarsch bedeutete. Ein pensionierter Lehrer, der Gedichte schrieb! Nicht unbedingt die heißeste Spur, aber mal sehen, was eine Nachfrage bei den örtlichen Buchhandlungen und bei den Kulturredakteuren der umliegenden Lokalzeitungen ergeben würde.

26

„Kriminalpolizei?“ Die verhärmte, etwa fünfzigjährige Frau blickte Gruber leicht verschreckt an. „Ich wüsste nicht … Ist irgendetwas mit der Lena passiert?“

„Lena?“

„Unsere Tochter. Sie arbeitet in Traunstein als …“

„Nein, nein“, wehrte Bischoff ab. „Wir würden nur gerne mit Ihrem Mann sprechen, das ist alles. Ist er zuhause?“

Die Frau nickte und ließ sie eintreten. Führte sie dann wortlos die Treppe hinab in den Keller. Gruber war gespannt, ob Hans Engelhard ihr Mann war. Da gäbe es einige, die in Frage kämen, hatte ihm die freundliche Dame in der Buchhandlung am Stadtplatz erzählt. Aber der bekannteste sei wohl ein gewisser Hans Engelhard, Ex-Studienrat, verheiratet, eine Tochter, wohnhaft im Axdorfer Feld. Die Frau klopfte an eine Tür und öffnete, ohne eine Antwort abzuwarten. Die Beamten traten in den grell erleuchteten Raum, einem Mittelding aus Büro und Antiquariat. An einem antiken Schreibtisch saß ein traurig wirkender Mann um die sechzig mit schlohweißem, schulterlangem Haar, tief zerfurchtem Gesicht und einer arg geröteten Nase.

„Hans, Besuch für dich …“, sagte die Frau, trat

dann wieder ins Treppenhaus hinaus und schloss die Tür hinter sich.

„Kriminalpolizei Traunstein", sagte Gruber „Könnten wir Sie kurz sprechen?"

„Ich habe mich schon gefragt, wann Sie kommen", erwiderte Engelhard. „Tut mir leid, dass ich Ihnen keinen Platz anbieten kann, aber wie Sie sehen, bin ich nicht auf Besuch eingerichtet."

Tatsächlich war nirgends ein Stuhl zu entdecken.

„Kein Problem", erwiderte Gruber.

Engelhard schob ein paar dicht beschriebene Manuskriptblätter zur Seite, legte die Hände auf den Tisch und blickte die Beamten herausfordernd an.

„Dann wissen Sie also Bescheid?", fragte Gruber.

„Mehr oder weniger. Es geht um meinen Freundeskreis von vor vierzig Jahren, richtig? Ich nehme an, Sie sind durch die alten Vernehmungsprotokolle auf mich gekommen? Hätte nicht gedacht, dass man das Zeug so lange aufbewahrt."

Hatte man auch nicht. Doch Gruber nickte nur.

„Nur, dass ich heute nicht mehr zu sagen habe als damals", fuhr Engelhard fort. „Wie auch? Wir haben das gemacht, was damals alle in diesem Alter gemacht haben. Die meisten jedenfalls. Wir haben Musik gehört, waren hinter Mädels her und haben ein bisschen mit Drogen herumexperimentiert. Aber wie Sie sehen: Those days are long gone."

But not forgotten, dachte Gruber und sagte: „Und es stört Sie nicht, dass inzwischen zwei von denen, Manfred Neumann und Heinz Kirchhammer, tot sind?"

Engelhard lachte scheppernd. Es klang nicht gerade angenehm. „Wenn mich eines daran stört, dann der Umstand, dass ich demnächst der Dritte im Bund sein werde", sagte er. „Bin ich dann auch ein Fall für die Kriminalpolizei?"

„Tut mir leid …" Gruber und Bischoff wechselten einen Blick.

Der Mann winkte ab. „Na ja, noch ist es ja nicht so weit. Und vielleicht geschieht ja noch ein Wunder. Dabei habe ich schon vor zehn Jahren das Rauchen aufgegeben."

„Warum ist Kirchhammer damals vor der Polizei geflüchtet. Ich meine, bei dieser Verkehrskontrolle?", fragte Bischoff.

„Keine Ahnung. Vielleicht war er betrunken. Oder an seinem Auto war etwas nicht in Ordnung."

„Na schön, aber wie kommt es dann, dass Sie und die anderen herumerzählt haben, Kirchhammer wäre nach Asien abgehauen?", fragte Gruber. „Was er definitiv nicht ist, wie wir alle inzwischen wissen."

„Weil es so war. Weil es das Letzte war, was ich von ihm gehört habe. Ich habe ihn nicht umgebracht, wenn das Ihre Frage sein sollte. Und ich wüsste auch sonst niemanden ..."

„Wir haben gehört, Sie schreiben Gedichte", sagte Bischoff und deutete auf die Manuskriptseiten auf dem Schreibtisch. „Aber das sieht mir eher nach einem Roman aus."

Engelhard nickte mit resignierter Miene. „Richtig. Ein historischer Roman, um genau zu sein. Über den Salzhandel hier in der Gegend. Über das weiße Gold, das Traunstein seinerzeit zu einer reichen Stadt gemacht hat. Aber ich fürchte, selbst wenn ich einen Verleger finden sollte, werde ich die Veröffentlichung wohl nicht mehr erleben. Aber Sie wissen ja: Der Weg ist das Ziel ... Wenn Sie mich jetzt also bitte entschuldigen würden."

Wie auf ein geheimes Kommando stand seine unbemerkt eingetretene Frau hinter den Beamten. Gruber und Bischoff gehorchten und folgten Frau Engelhard die Treppe hoch und ins Freie hinaus. Dort lief Bischoff sofort zu ihrem Wagen und schaute nach, ob sich in der Sackgasse, an deren Ende die Doppelhaushälfte der Engelhards stand, zwischenzeitlich etwas getan hatte. Ob irgendwo ein Auto geparkt war, das bei ihrer Ankunft noch nicht da gewesen war, ob irgendeine verdächtige Person sichtbar war. Was nicht der Fall war, wie sie Gruber mit einem Kopfschütteln mitteilte.

„Ich weiß, dass vor langer Zeit einmal irgendetwas Schlimmes vorgefallen sein muss", sagte Frau Engelhard mit bedrückter Stimme zu Gruber, „aber er hat nie mit mir darüber gesprochen. Er hat nur mal gemeint, dass jeder Mensch seine Geheimnisse bräuchte. Je dunkler, desto besser."

„Und Sie haben auch nicht nachgefragt?"

„Nein."

„Hm. Und wie steht es wirklich um ihn?"

„Ein halbes Jahr noch. Maximal …"

Gruber nickte. „Eins noch: Christopher Roth? Kennen sich Ihr Mann und der Politiker zufällig?"

„Und wie!" In den Augen der Frau standen plötzlich Tränen. „Ich weiß nicht, wie er davon erfahren hat, aber zwei Tage nach der Diagnose stand er vor der Tür und hat ihm jede erdenkliche Hilfe angeboten."

„So gut sind die beiden befreundet?", staunte Gruber.

„Ja. Schon seit ewigen Zeiten. Er war sein Trauzeuge. Und wenn es zeitlich passt, schaut er vorbei. So zwei, drei Mal im Jahr. Und das schon, seit wir verheiratet sind. "

„Sie schätzen ihn wohl sehr?"

„Mei, er ist halt ein Politiker. Aber nicht so ein Schaumschläger wie die meisten. Und privat ein sehr netter Mensch. Ein richtiger Gentleman."

Gruber verabschiedete sich und ging zu Bischoff zum Wagen.

„Schreibt inzwischen eigentlich jeder ein Buch?", fragte Bischoff, nachdem Gruber sie über Engelhards Busenfreundschaft mit Roth aufgeklärt hatte und Bischoff nur gemeint hatte, das wäre jetzt langsam ein Grund, nach Berlin zu fliegen und dem Herrn Minister auf die Pelle zu rücken.

„Schaut ganz so aus", erwiderte Gruber und reihte sich vor der Ampel an der Wegscheidbrücke links ein. „Dieser Zuhälter in Salzburg schreibt übrigens auch, hat er mir erzählt. Dagegen soll der Minus-Mann wie ein Waisenknabe aussehen, hat er gemeint."

„Der Minus-Mann?"

„Ja. Nie davon gehört? Hat ein gewisser Heinz Sobota geschrieben. Auch so ein Wüstling. Aber kein schlechtes Buch."

„Und warum schreibst du dann keines?"

„Ich blamier mich lieber anderweitig. Machen wir eine Kaffeepause?"

„Und wo?"

27

„Ist schön hier“, sagte Bischoff, sowie sie Platz genommen hatten, Gruber mit Blick auf den Chiemsee und Bischoff mit Blick auf den Parkplatz und den Fußweg, der am Café vorbeiführte.

„Unter der Woche schon“, erwiderte Gruber. „Aber am Sonntag und im Sommer kannst du's vergessen.“

„Du magst wohl auch keine Touristen?“

„Oh doch. Ich bin sogar mit ihnen aufgewachsen. Meine Eltern haben zu den Ersten gehört, die Fremdenzimmer, so hieß das damals, vermietet haben.“

„Und?“

„Fabrikarbeiter aus dem Ruhrgebiet mit ihren Frauen. Die jeden Einheimischen unter den Tisch gesoffen haben, kann ich dir sagen.“

„Muss ja 'ne tolle Kindheit gewesen sein.“

Als der Ober erschien, bestellten sie Kaffee und Kuchen und sagten für eine Weile nichts. Betrachteten die Touristen, die am Strand lagen oder bereits im Wasser herumplanschten, oder einfach am Café vorbeiflanierten und den Tag genossen.

„Dass die zwei vor uns etwas verbergen, ist ziemlich klar“, sagte Bischoff dann. „Oder bist du anderer Meinung?“

Gruber schüttelte nur den Kopf.

„Stellt sich also die Frage, wie wir sie unter Druck setzen können. Dass Neumann jetzt auch tot ist, scheint sie jedenfalls nicht groß zu beunruhigen."

„Wahrscheinlich halten sie es auch für einen Unfall, genauso wie wir", erwiderte Gruber. „Aber warten wir ab, bis wir mit Roth gesprochen haben. Irgendwie habe ich das Gefühl, dass hier des Rätsels Lösung liegen könnte."

„Wenn der Herr Politiker überhaupt für uns zu sprechen ist. Kann die Werner da nicht ein bisschen Druck machen?"

Der Ober servierte ihre Bestellung und legte auch gleich die Rechnung dazu.

„Ich habe übrigens über alles nachgedacht", sagte Bischoff nach dem ersten Schluck Kaffee und einem Bissen Erdbeerkuchen.

„Ach ja?"

„Sei mir jetzt nicht böse, aber ich finde, du solltest dieses Cowboy-Spielchen aufgeben."

„Angst, mit mir zusammen unter die Räder zu kommen?"

Bischoff blickte Gruber leicht aufgebracht an. „Überhaupt nicht. Aber ich finde, du bringst dich dabei nur unnötig in Gefahr. Und weswegen? Du hast diesen Hauser geschnappt und auch sonst all die Jahre gute Arbeit geleistet. Lass jetzt mal die

Jungen ran. Andere in deinem Alter sind längst in Pension. Ich kriege diese Sache schon hin. Also warum machst du nicht erst mal Urlaub, und wenn du zurück bist, ist vielleicht alles schon erledigt." Sie verrührte etwas Sahne vom Kuchen in ihrem Kaffee. „Du könntest doch deinen Freund in Berlin, diesen Walter Schott, besuchen."

Gruber stopfte sich das letzte Stück Kuchen in den Mund und trank seine Tasse leer, dann lehnte er sich zurück und grinste.

„Muss ich gar nicht", sagte er. „Er kommt hierher …"

„Tatsächlich? Und wozu?"

„Nimm's nicht persönlich, aber um auf mich aufzupassen."

Bischoff starrte finster in ihre Tasse. „Und wann hast du das beschlossen?", fragte sie nach gut einer Minute gespannten Schweigens.

Gruber beugte sich vor und tätschelte ihre Hand. „Der Vorschlag ist von ihm gekommen … Er freut sich schon darauf, mit dir zusammenzuarbeiten."

Bischoff sagte nichts. Aber ihr Gesichtsausdruck verriet Gruber, dass sie alles andere als begeistert davon war.

Grubers Handy klingelte.

Es war Dr. Werner.

„Wir haben jetzt die Bestätigung", sagte die Staatsanwältin. „Die DNA stimmt überein. Der Tote ist Heinz Kirchhammer."

„Okay. Sollen wir nochmals zu der Mutter rausfahren und sie verständigen, oder was meinen Sie?"

„Wenn es Ihnen nichts ausmachen würde … Noch etwas: Ich habe eben mit einem Rechtsanwalt namens Kaspar Brandmiller gesprochen. Er vertritt Christopher Roth."

„Und?"

„Zusammengefasst gesagt: Wir sollen sofort damit aufhören, Roths Namen in Verbindung mit einem Verbrechen zu erwähnen. Sonst gibt es Ärger."

„Ach, und wie würde der aussehen? Schickt er dann die Gebirgsschützen gegen uns aus?"

Die Staatsanwältin lachte ansatzweise. „Schon möglich. Aber keine Sorge, überlassen Sie das ruhig mir. Bis später."

Gruber steckte das Handy wieder ein. „Das mit Kirchhammer ist klar und Roth droht mit Ärger", sagte er. „Du siehst, wir haben jede Menge Arbeit vor uns."

Bischoff verzog missmutig das Gesicht.

„Jetzt komm schon", sagte Gruber und holte seine Brieftasche hervor. „Wir müssen nach Tyrlaching. Einer alten, kranken Frau beibringen, dass ihr einziger Sohn definitiv tot ist. Und der Täter möglicherweise noch frei herumläuft."

28

Nach der letzten Biegung, schon in Sichtweite vom Haus, trat Gruber auf die Bremse und lenkte den Peugeot an den Straßenrand. Er stellte den Motor ab, kurbelte das Seitenfenster runter und atmete ein paar Mal tief durch. Er kam sich plötzlich dumm und kindisch vor. Als suchte er Trost bei einer wildfremden Person. Aber wohin sonst? Nach Hause wollte er auch nicht, und seine Freunde, wie der Herbert, hatten Familie und eigene Sorgen. Außerdem, wie hieß die Devise: Niemals Schwäche zeigen. Niemand hat Mitleid mit den Opfern. Na gut, sagte er sich schließlich, er könnte ja behaupten, dass er noch ein paar Fragen hätte. Er startete den Motor und fuhr weiter. Ingrids Fiat Panda stand vor dem Haus, aber im Gegensatz zum Vortag waren Haustür und Fenster geschlossen und es war merkwürdig still. Er parkte den Peugeot neben Ingrids Wagen, stieg aus und blickte sich um. Machte sie vielleicht einen Spaziergang? Die Gegend war schließlich wie geschaffen dafür. Während er noch darüber nachdachte, ob er selbst vielleicht ein paar Schritte laufen sollte, hörte er, wie über ihm ein Fenster geöffnet wurde. Er blickte hoch, in Ingrids verdutztes Gesicht.

„Gibt es Neuigkeiten oder hast du plötzlich Sehnsucht nach mir?“, fragte sie.

Gruber schluckte schwer. „Ich weiß nicht", erwiderte er. „Ich war nur zufällig in der Gegend und da …"

„Ja, ja, den Spruch kenne ich", erwiderte sie, bevor sie ihm unvermutet ein Lächeln schenkte. „Willst du reinkommen?"

Gruber nickte nur.

Gleich darauf öffnete ihm die Frau, nur mit einem leichten Bademantel bekleidet, die Tür und führte ihn wie schon tags zuvor in die Küche. „Lust auf einen Schluck Wein?", fragte sie und nahm, ohne seine Antwort abzuwarten, eine Flasche Rosé aus dem Kühlschrank. Sie stellte zwei Gläser auf den Tisch, schenkte ihnen ein und setzte sich dann Gruber gegenüber.

„Und, seid ihr inzwischen weitergekommen?", fragte sie nach dem ersten Schluck.

„Wie man's nimmt", erwiderte Gruber. „Aber ich war eben in Tyrlaching, bei der Mutter von Kirchhammer …"

Ein Schatten flog über das Gesicht der Frau. „Und, wie hat sie es aufgenommen?"

„Wie schon, nicht so gut natürlich. Erst dieses jahrzehntelange Warten, diese ewige Unsicherheit, und jetzt die Tatsache, dass ihr Sohn ermordet wurde. Und der Täter noch frei herumläuft."

„Seid ihr denn sicher, dass es Mord war?"

„Was soll es denn sonst gewesen sein?" Gruber blickte die Frau herausfordernd an. Aber es kam nichts, keine Reaktion. Bevor es richtig peinlich wurde, sagte er:

„Aber jetzt erzähl du mal. Du musst doch auch einiges erlebt haben seit damals ..."

„Erlebt schon. Aber wenn du jetzt irgendwelche geilen Geschichten erwartet hast, muss ich dich leider enttäuschen. Ich habe als Kellnerin gearbeitet, war Zimmer- und Küchenmädchen, und war dann zehn Jahre lang mit einem Chaoten verheiratet, der gemeint hat, er hätte das Zeug zum größten Maler seit Michelangelo."

„Und wo da genau?"

„Erst in Berlin und später viel im Süden, wo das Leben entsprechend billiger war. Geld war ja nie da."

Gruber nickte nur.

„Nach der Scheidung bin ich dann mit einem Amerikaner, den ich auf Ibiza kennengelernt hatte, in die Staaten und habe dort weitere zehn Jahre verbracht. Hauptsächlich im Südwesten, in Arizona und New Mexico. Am schönsten war's in Santa Fé. Da habe ich auch die Sache mit dem Schmuckdesign angefangen." Sie lächelte. „Enttäuscht?"

Bevor Gruber antworten konnte, klingelte sein Handy. Er sagte: „Entschuldige bitte, aber es könnte wichtig sein."

Es war wichtig. Es war Schott.

„Schön, dass du noch am Leben bist“, sagte Schott. „Oder spreche ich schon mit einer Leiche?“

„Sehr witzig. Wo steckst du?“

„Hab gerade im Parkhotel eingecheckt. Muss jetzt aber erst mal eine Runde schlafen. Dieses Autobahnfahren macht einen echt fertig. Nichts als Idioten. Ich melde mich dann morgen Vormittag, okay?“

„Alles klar. Bis dann.“

Gruber steckte das Handy wieder ein und wollte gerade sagen: „Wo waren wir stehengeblieben?“, als Ingrid unvermittelt sagte: „Willst du mit mir schlafen?“

„Ich, ja …“, stammelte Gruber, „Ich meine …“

„*Ich* meine, deswegen bist du doch hergekommen, oder etwa nicht? Oder willst du noch mal vierzig Jahre warten?“

Gruber schüttelte den Kopf. „Das nicht, aber …?“

„Dann komm …“

Die Frau nahm Gruber bei der Hand und führte ihn nach oben ins Schlafzimmer. Sie half Gruber beim Ausziehen, ließ ihren Bademantel fallen und schlüpfte vor ihm so schnell ins Bett und unter die Decke, dass Gruber kaum mehr als einen flüchtigen Blick auf ihre üppigen Formen werfen konnte. Gruber war etwas unwohl zumute. Er war seit über einem Jahr mit keiner Frau mehr zusammengewesen, nicht mehr, seit er mit Silvia endgültig Schluss gemacht hatte. Doch es ging alles viel schneller, als er gedacht hatte. Bevor er Zeit gehabt hätte, an seiner Männlichkeit zu zweifeln. Er zog sich zurück, warf sich schweratmend auf den Rücken und starrte die Decke an. Nicht gerade eine imponierende Vorstellung, die er da soeben gegeben hatte. Aber Ingrid machte ihm keine Vorhaltungen. Sie schmiegte sich an ihn und bedeckte seinen Hals und seine Brust mit leichten, zarten Küssen.

„Eines würde mich interessieren", fragte sie dann, „wen hast du jetzt gevögelt? Mich oder das nette kleine Mädel, in das du vor vierzig Jahren verknallt warst und dich nicht getraut hast anzumachen?"

„Wo ist der Unterschied?", fragte Gruber zurück.

„Na ja, wenn es das zweite ist, würde ich sagen: Vielen Dank für deine Bemühungen, aber jetzt steh auf und mach, dass du nach Hause kommst. Und lass dich besser nicht mehr blicken. Wenn nicht …"

„Was dann?"

„Dann sollten wir jetzt ein bisschen üben und die Sache in aller Ruhe ausbauen …"

Was sie anschließend auch taten. Und so ging es bereits auf Mitternacht zu, als Gruber schweißgebadet und mit Kopfschmerzen das Badezimmer aufsuchte, um ausgiebig zu duschen. Als er zurückkam, hatte Ingrid eine alte Bluesplatte aufgelegt, *Spooky Tooth*, und sie lagen eine Zeitlang schweigend da und hielten aneinander fest. Gruber konnte sein Glück kaum fassen. Es war ihm, als wäre er nach einer langen Wanderung endlich ans Ziel gelangt. Am liebsten wäre er aufgesprungen und hätte sein Glück in die Nacht hinausposaunt.

„Ich nehme an, jetzt möchtest du wahrscheinlich wissen, wieso jetzt und nicht damals?“, fragte Ingrid schließlich.

„Irgendwie schon“, gab Gruber zu.

„Klingt jetzt vielleicht ein wenig hochnäsig, aber ich wollte dich nicht verletzen. Ich meine, du bist wochenlang um mich herumgeschlichen, bis du dich endlich getraut hast, mich anzusprechen. Hast nur Augen für mich gehabt und die anderen kaum beachtet. Und wenn ich damals eines nicht wollte, dann eine feste Beziehung.“

„Verstehe ...“

Eine Frage brannte ihm jedoch unter den Nägeln. Er schalt sich einen alten, eifersüchtigen Trottel, aber letztendlich hielt er es nicht aus. „Eines würde ich dennoch gerne wissen“, sagte er zögerlich. „Aber sei mir jetzt nicht böse, ja?“

„Was denn?“

„Hast du damals was mit dem Schott gehabt?“

„Ist das so wichtig?"

Gruber zuckte mit den Schultern. „Eigentlich nicht, aber ..."

„Er hat mich mal nach Hause gebracht. Meine Eltern waren gerade im Urlaub, und da ist er über Nacht geblieben. Das wars ... Bist du jetzt sauer?"

„Wieso? Du bist mir keine Rechenschaft schuldig."

„Ich meine nur. Irgendwie hatte ich immer den Eindruck, er wäre so was wie ein großer Bruder für dich ... Was macht er jetzt eigentlich? Ich habe von Bekannten nur mal gehört, dass er in Berlin sein soll."

„Er schreibt Drehbücher. Fürs Fernsehen."

„Echt? Das wundert mich jetzt."

Gruber schnitt eine Grimasse. „Du hast wohl gedacht, wenn einer das Zeug zum Bullen hat, dann er. Und nicht der kleine, feige Andreas?"

„Blödsinn."

„So ...?" Gruber entzog sich Ingrids Umarmung, rutschte zur Bettkante vor und gähnte unauffällig. Er fühlte sich unvermutet schrecklich müde und ausgelaugt und fürchtete sich von dem Heimfahren, vor dem, was ihm dort vielleicht drohte. Seine Idee, es mit diesem Killer aufzunehmen, kam ihm plötzlich töricht und vermessen vor. Sollte er deswegen wirklich sein Leben aufs Spiel setzen?

„Kannst du nicht hier bleiben und dir morgen frei nehmen?“, fragte Ingrid hinter seinem Rücken. „Wir könnten vielleicht einen Ausflug machen, wenn das schöne Wetter anhält?“

„Gerade jetzt?“ Gruber schüttelte den Kopf. „Unmöglich …“ Er drehte sich zu der Frau um. „Es sei denn, dir fällt doch noch etwas ein?“

Ingrids Gesichtszüge verhärteten sich. Sie wandte sich ab und stand ebenfalls auf.

„Tut mir leid, so war es nicht gemeint …“, sagte Gruber. „Aber du weißt ja: einmal Bulle, immer Bulle.“

„Ja, schon gut. Möchtest du einen Kaffee, bevor du fährst?“

„Gerne.“

Gruber zog sich an und folgte Ingrid dann in die Küche hinunter. Zeit für die zweite dumme Frage in dieser Nacht. „Aber wir sehen uns wieder, oder?“

„Sicher. Wenn du möchtest …“

29

Ein höllisch lautes Klopfen unmittelbar links von seinem Ohr schreckte Gruber auf. Er fuhr hoch und stieß irgendwo mit dem Kopf an. Er riss die Augen auf, blinzelte verwirrt, wusste sekundenlang nicht, wie ihm geschah, wo er war. Dann gewann das Bild vor ihm an Schärfe, und er erkannte eine Rasenfläche mit vereinzelten Bäumen vor sich, dahinter eine Minigolf-Anlage. Erst dann fiel ihm ein, dass er nach seinem Besuch bei der Ingrid nicht nach Hause gefahren war, sondern hierher, auf den Parkplatz am Strandkurhaus unten am Waginger See. Dass er einfach im Wagen sitzen geblieben war, eine CD eingelegt hatte, und irgendwann wohl eingeschlafen sein musste. Er blickte nach links und bemerkte einen älteren Mann, einen Greifer in der rechten und einen Müllsack in der linken Hand, der ihn halb sorgenvoll, halb misstrauisch musterte. Er kurbelte das Fenster runter und sog die angenehm kühle Morgenluft ein.

„Na, Meister, hamma gut geruht?"

Gruber nickte nur, noch immer leicht benommen.

„Aber jetzt fahren wir schön brav heim, gell ..."

„Ja, klar ...", erwiderte Gruber. „Bin schon unterwegs."

Der Mann drehte sich um und ging weiter. Gruber startete den Motor und fuhr los. Sein Kopf dröhnte, sein Mund war wie ausgetrocknet und ihm war leicht übel, und je näher er Traunstein kam, umso mehr wurde ihm wieder bewusst, dass er ein Riesenproblem hatte. Dennoch fühlte er sich so gut wie schon seit langem nicht mehr. Was liebevolle Blicke der richtigen Frau doch alles bewirken konnten! Doch seine Gedanken eilten weiter, und plötzlich wurde er von Panik ergriffen. Das mit Ingrid könnte was werden, aber nur, wenn er dieses mörderische Glücksspiel, auf das er sich da eingelassen hatte, auch gewann. Sollte er es wirklich darauf ankommen lassen? Oder sollte er nicht doch Dr. Werners Ratschlag folgen und sich vorübergehend mit neuer Identität ins Ausland absetzen? Vielleicht nach Teneriffa, wo Ingrid genauso gut ihre Schmucksachen herstellen könnte. Und für ihn würde sich schon eine Beschäftigung finden. Genau, das war's, das war die Lösung.

Zuhause angekommen, ließ er seinen Wagen im Freien stehen, umrundete das Haus und schaute nach, ob irgendetwas verändert war. Er fand nichts, betrat das Haus und tat dort dasselbe. Nichts. Er atmete erleichtert aus, schaltete die Kaffeemaschine ein und ging ins Bad. Zurück im Wohnzimmer, legte er *Desire* von Bob Dylan auf und setzte sich mit einer Tasse Kaffee aufs Sofa. Als er aufwachte, war es bereits kurz vor neun. Gleich darauf klingelte sein Handy.

Es war Schott.

„Also, hast du schon überlegt, wie wir vorgehen wollen?", fragte er und hörte sich dabei putzmunter an.

Gruber zögerte. Er hatte Schotts angekündigte Schützenhilfe fast schon vergessen und wollte auch nichts mehr davon wissen. Dieser Plan war Geschichte. Nein, er würde nachher gleich zu Dr. Werner gehen und alles in die Wege leiten. Ingrid könnte ja nachkommen.

„Ich kann jetzt nicht reden", wich er aus. „Ich rufe dich gegen Mittag an, okay?"

„Wie du meinst …"

Gruber erhob sich, brachte die Kaffeetasse zurück in die Küche und spülte sie aus. Eine neue Befürchtung machte ihm zu schaffen. Vielleicht war für Ingrid alles ohne Bedeutung gewesen, eine gemeinsame Zukunft nur Illusion. Dann wäre er nichts weiter als ein alter Depp, der sich zum Narren gemacht hatte.

Sein Handy klingelte erneut.

Es war Bischoff.

„Ich hole dich in zehn Minuten ab", sagte sie mit unheilverkündender Stimme.

„Wieso? Was ist passiert?"

„Ich habe es eben auf den Tisch bekommen. Deine Freundin, diese Ingrid Menzinger, ist gestern Nacht in ihrem Haus von einem Unbekannten überfallen, halbtot geschlagen und vergewaltigt worden."

Gruber stand da wie betäubt, konnte sekundenlang keinen klaren Gedanken fassen.

„Bist du noch dran?", fragte Bischoff.

„Ja, ja. Und, jetzt sag schon, wie geht es ihr?"

„Sie kommt wohl durch, aber Genaueres war nicht zu erfahren ... Scheint so, als würde da jemand gerade sehr nervös, oder was meinst du?"

„Ja. Ich meine, nein ..." Gruber ließ sich auf einen Stuhl fallen, hatte Mühe, das Handy festzuhalten. „Wer hat sie denn gefunden?"

„Sie hat noch aus eigener Kraft telefonieren können. Das war aber auch das Letzte. Also, was meinst du, wem machen wir zuerst die Hölle heiß, diesem Weigel oder Engelhard? Ich würde Engelhard vorziehen ..."

Grubers Gedanken rasten. Diese Schweinerei hatte nichts mit ihrer Moorleiche zu schaffen, da brauchte er keine Sekunde zu überlegen. Das war das Werk dieses Scheißkerls. Und er war dafür verantwortlich. Er ganz allein. Nur weil er seinen Schwanz nicht unter Kontrolle halten konnte. Das würde sie ihm nie verzeihen. Niemals. Nicht in tausend Jahren. Aus der Traum von einer gemeinsamen Zukunft.

„Wir treffen uns im Krankenhaus“, sagte er.

„Hast du nicht zugehört? Wahrscheinlich wird sie noch operiert. Und wenn wir nicht gleich losschlagen … Vielleicht finden wir noch Spuren?“

„Dann mach du das. Ich fahre zum Krankenhaus …“

„Ist alles okay mit dir?“

Nichts ist okay, dachte Gruber. „Wir treffen uns im Krankenhaus“, wiederholte er und kappte die Verbindung.

30

„Vielleicht am späten Nachmittag", sagte der Arzt zu Gruber. „Sie braucht jetzt vor allem Ruhe. Aber ich kann Sie beruhigen: Die Verletzungen sind nicht lebensgefährlich und wenn keine Komplikationen auftreten, sollte sie in einigen Tagen das Schlimmste überstanden haben."

„Von den psychischen Auswirkungen einmal abgesehen", ergänzte Bischoff mit bitterer Stimme.

„Natürlich", beeilte sich der Arzt zu sagen. „Aber wie gesagt, wir tun alles, was wir können."

Der Arzt nickte ihnen zu und verschwand den Korridor hinunter. Gruber rührte sich nicht von der Stelle, starrte weiter unverwandt auf die Tür, hinter der Ingrid lag, mit zerschlagenem Gesicht und wund am ganzen Körper. Alles seine Schuld! Er hatte doch gewusst, dass dieser Dreckskerl sich in seiner Nähe herumtrieb, dass er irgendwann zuschlagen würde. Warum sie und nicht ich, dachte er. Warum, verdammt noch mal.

Bischoff zupfte an Grubers Ärmel. „Komm jetzt", sagte sie. „Wir schauen später noch mal vorbei, okay?"

Gruber schüttelte Bischoffs Hand ab, gab sich dann einen Ruck und trottete mit hängenden Schultern neben Bischoff her in Richtung Ausgang.

„Es ist alles meine Schuld“, sagte er auf der Treppe.

„Niemand konnte das vorhersehen“, erwiderte Bischoff. „Also mach dich nicht verrückt. Ich frage mich nur, wer das Schwein ist, der versucht hat, ihr auf diese Weise klarzumachen, dass sie besser den Mund halten soll. Wenn es nicht gerade jemand war, von dem wir noch nichts wissen, kann es nur dieser Weigel gewesen sein, oder was meinst du? Vielleicht im Auftrag von Roth …“

„Er wollte mir eins auswischen, das ist doch sonnenklar“, sagte Gruber.

„Wieso auswischen? Das verstehe ich nicht …“

Sie traten ins Freie hinaus und gingen auf Grubers in der Auffahrt geparkten Peugeot zu, vorbei an etlichen Patienten, die rauchend umherstanden. Gruber holte tief Luft und sagte: „Ich bin gestern Abend nochmals zu ihr rausgefahren.“

„So? Und was ist dabei herausgekommen?“

„Eigentlich nichts.“

„Dann verstehe ich nicht …“

„Ich habe mit ihr geschlafen“, unterbrach Gruber seine Kollegin. „Bin erst heute Morgen heimgekommen.“

Bischoff blieb abrupt stehen und starrte ihn entgeistert an. „Du warst mit ihr im Bett? Mit einer möglichen Zeugin in einem Mordfall?“

„So ist es."
„Und weiter?"
„Nichts weiter. Es hat sich einfach so ergeben. Dabei habe ich extra ein paar Umwege gemacht, bis ich sicher war, dass keiner hinter mir her ist. Aber anscheinend hat er uns vorgestern verfolgt und von ihr gewusst und war schon da, versteckt im Wald oder so."
„Du meinst, es war dieser Typ von Hauser? Und nicht einer aus ihrer Clique, wegen Kirchhammer?"
Gruber lehnte sich mit dem Rücken gegen die Fahrertür und stierte sekundenlang ins Leere. „Absolut sicher bin ich mir natürlich nicht", sagte er dann, „aber es ist die einzige logische Erklärung. Er muss uns beobachtet haben und gleich nach meiner Abfahrt zu ihr ins Haus sein. Herrgott noch mal …" Gruber drehte sich um und schlug mit der Faust aufs Wagendach. „Ich bin doch ein Vollidiot."
„So ein Mist", sagte Bischoff. „Dann frage ich mich nur, wieso er die Gelegenheit nicht genutzt hat?"
„Weil er ein perverses Schwein ist, deswegen … Hör mal, ich möchte jetzt allein sein, okay?"
„Damit du der Nächste bist? Du spinnst wohl. Kommt überhaupt nicht in Frage."
„Ich schaffe das schon." Gruber sperrte die Wagentür auf und setzte sich ans Steuer. „So wie ich

den Kerl einschätze, wird er jetzt erst mal Ruhe geben und mich in der Scheiße schmoren lassen … Ich melde mich." Mit diesen Worten startete er den Motor, warf die Wagentür zu und stieß mit viel zu hohem Tempo aus der Auffahrt zurück. Er bog in die Wolkersdorfer Straße stadtauswärts ein, ohne zu wissen, wohin er wollte, ohne zu denken, mit rein mechanischen Bewegungen. Er fuhr einfach über's Land, über Wasserburg nach Waldkraiburg hinüber, dann über Taufkirchen und Tacherting zurück, und fand sich gegen Mittag in Trostberg wieder. Er entschied, in Neumanns Haus Zwischenstation zu machen.

Er hatte vage gehofft, das Haus verwaist vorzufinden, doch das Gegenteil war der Fall. Vor der Gartentür stand ein alter Subaru-Kombi mit vollgepacktem Kofferraum und einem Anhänger, auf dem sich Regalbretter, ein paar Holzstühle, eine Waschmaschine und ein paar zusammengerollte Teppiche stapelten. Neumanns Schwester? Die hätte ihm jetzt gerade noch gefehlt. Er zögerte kurz, parkte seinen Peugeot dann hinter dem Anhänger und ging zum Haus. Frau Podolski kam ihm schon an der Haustür entgegen, leicht irritiert über sein Erscheinen.

„Herr Kommissar", sagte sie. „Was machen Sie denn hier?"

„Nachschauen, ob sich vielleicht jemand gemeldet hat …", erwiderte Gruber, als ihm keine bessere Ausrede einfallen wollte.

Die Frau schüttelte den Kopf. „Nein, da war niemand, soviel ich weiß. Nur so ein Immobilienmakler, der gemeint hat, dass es das Beste wäre, das Haus abzureißen und das ganze Gelände als Baugrund anzubieten." Sie deutete in den Flur. „Wir räumen gerade alles aus, auf Wunsch seiner Schwester. Jedenfalls das, was sie dagelassen hat. Das dürfen wir doch, oder?"

Gruber nickte nur und folgte der Frau ins Wohnzimmer, das bis auf die ramponierte Polstergarnitur und den fleckigen Holztisch bereits leer war. „Wo sind denn die ganzen Platten hingekommen?", fragte er.

„Die hat alle gestern so ein Flohmarkthändler abgeholt …" Die Frau musterte Gruber mit besorgtem Blick. „Geht es Ihnen nicht gut?"

„Doch, doch. Nur ein wenig überarbeitet, fürchte ich."

„Möchten Sie vielleicht einen Schnaps?"

„Ja. Warum nicht?"

Gruber ließ sich in einen Polstersessel fallen und starrte die leere Wand an. Wieder mal zu spät gekommen! Frau Podolski kam mit einer gut halbvollen Flasche schottischen Whiskeys und einem Wasserglas zurück. Sie stellte beides vor Gruber auf dem Tisch ab und verschwand irgendwo im Haus. Gruber schenkte sich kräftig ein und trank das Glas in einem Zug leer. Der Whiskey war stark und gut und brannte in seiner Kehle. Dieser Neumann hat wirklich einen guten Geschmack gehabt, dachte er, während er spürte, wie sich die Wärme in seinem Körper ausbreitete. Die richtige Musik, die besten Getränke, und als Erpresser auch noch den optimalen Job. Schweigen und kassieren. Darauf ließ sich schon eine Existenz aufbauen. Dann blieb er einfach sitzen und tat nichts.

Es war Frau Podolski, die ihn weckte. „Herr Kommissar …"

Gruber schreckte auf.

„Wir sind dann weg", sagte die Frau. „Wenn noch was ist, Sie wissen ja, wo Sie mich finden."

„Ja, ja, schon gut."

Gruber blickte auf die Uhr. Schon halb drei durch. Höchste Zeit, Bischoff oder im Krankenhaus anzurufen. Er stand auf, ging zur Toilette und wusch sich mit kaltem Wasser das Gesicht. Er hörte, wie die Haustür zufiel, Ruhe einkehrte. Und er hatte das Handy schon in der Hand, als unvermutet panische Angst in ihm hochstieg. Angst davor, Ingrid unter die Augen zu treten. Es schien ihm plötzlich unmöglich, ihrem Blick standzuhalten. Noch nicht. Vielleicht aber auch niemals. Aber vielleicht würde ein weiterer Schnaps helfen. Gruber ging zurück ins Wohnzimmer, warf sich wieder in den Sessel und schenkte sich erneut ein. Das zweite Glas schmeckte ihm noch besser. Er wartete eine Viertelstunde und gönnte sich dann ein drittes.

Dieses Mal wachte er von alleine auf. Mit leichten Kopfschmerzen und einem flauen Gefühl in der Magengegend. Er kramte nach seinem Handy, das er nach seinem Abgang vom Krankenhaus ausgeschaltet hatte. Es waren vier Anrufe verzeichnet, darunter zwei von Bischoff. Er zögerte kurz, hörte dann die Nachrichten seiner Kollegin ab. Keine gravierenden Neuigkeiten. Nur, dass er doch bitte durchgeben solle, wo er sich aufhalte. Als er aufstand, wurde ihm kurz schwarz vor den Augen und er hatte sekundenlang das Gefühl, er müsse sich übergeben. Er hielt sich an der Tischkante fest, bis der Schwächeanfall vorüber war. Dann machte er im Stehen die Flasche leer, schlug die Haustür hinter sich zu und ging unsicheren Schritts zu seinem Wagen. Es war inzwischen Abend und er hatte immer noch keine Ahnung, was oder wohin er wollte. Erstmal zurück, sagte er sich.

Kurz nach dem Bahnübergang bei Matzing, an der Abzweigung nach Chieming, tauchte ein Streifenwagen hinter ihm auf.

Das Blaulicht blinkte.

Gruber setzte den rechten Blinker, fuhr wenige hundert Meter weiter auf den Parkstreifen einer Bushaltestelle und hielt mit laufendem Motor. Der Streifenwagen überholte ihn und parkte ein Stück weit vor ihm ein. Zwei Beamte stiegen aus. Ein Mann und eine Frau. Sie traten ans heruntergekurbelte Fahrerfenster und blickten Gruber forschend an. Der Mann war etwa vierzig, untersetzt und Gruber gut bekannt, ein tüchtiger, kompetenter Kollege, auch wenn ihm der Name partout nicht einfallen wollte. Die Frau, eine etwas verkniffen wirkende Endzwanzigerin mit blondem Pferdeschwanz, sah er zum ersten Mal.

Der Mann tippte an seine Mütze und sagte: „Gut, dass wir Sie treffen, Herr Kommissar. Ihre Kollegin, Frau Bischoff, sucht Sie schon dringend."

Gruber nickte. „Ja, ich weiß Bescheid. Bin schon auf dem Weg, wie Sie sehen."

Der Mann nickte zurück, augenscheinlich zufriedengestellt. Nicht jedoch seine Kollegin, die sich nun ins Fenster beugte und Blickkontakt mit Gruber suchte. Ihr heißer Atem streifte Grubers Wange. „Alles in Ordnung, Herr Hauptkommissar?", fragte sie.

„Danke. Bestens."

„Sind Sie sicher?"

„Ja, doch …"

Die Frau warf ihrem Kollegen einen fragenden Blick zu, ehe sie Gruber erneut näher kam, als ihm recht sein konnte. Sie schniefte auffällig und sagte: „Was halten Sie davon, Herr Hauptkommissar, wenn ich Ihren Wagen übernehmen würde und Sie fahren mit meinem Kollegen zurück?"

Gruber schüttelte den Kopf. Es war kindisch und dumm, eine lächerliche Kraftprobe, aber er wollte weder klein beigeben noch in die Polizeiinspektion zurück. Das Gerede könnte er ohnehin nicht mehr verhindern. Sollen sie mich doch rausschmeißen, dachte er, ich bin sowieso erledigt.

„Ich mache das schon, keine Sorge", erklärte er mit betont kräftiger Stimme. „Aber haben Sie vielen Dank."

Doch die junge Beamtin blieb stur, wo sie war, die Hand auf den Fensterrahmen gestützt und mit starrem Blick in Grubers Gesicht. Ein paar so schweigsame wie peinliche Sekunden verstrichen, bis ihr Begleiter sie an der Schulter fasste und ihr mit einer Kopfbewegung zu verstehen gab, sie solle zum Streifenwagen zurückgehen. Was sie dann auch mit sichtlichem Widerwillen tat.

„Also dann, gute Fahrt, Herr Kommissar", sagte der Mann.

Gruber wartete, bis die beiden in ihren Wagen gestiegen und losgefahren waren, ehe er den Motor startete und sich ebenfalls wieder in den Verkehr einreihte. Der Streifenwagen bummelte vor ihm her, ganz offensichtlich waren die Kollegen darauf bedacht, ihn nicht aus den Augen zu verlieren. Abwarten, dachte Gruber. Als der Streifenwagen an der Einmündung zur Eugen-Rosner-Straße nach rechts in Richtung Polizeiinspektion abbog, drückte er aufs Gas und fuhr die Wasserburger Straße weiter stadteinwärts. An der Klosterkirche bog er links ab, den Klosterberg hinunter und hin zum Parkplatz des Chiemgau-Gymnasiums, wo er seinen Wagen abstellte und sich zu Fuß auf den Weg machte. Entschlossen, sich erst dann von einem Taxi nach Hause kutschieren zu lassen, wenn er sich nicht mehr auf den Beinen halten könnte.

Die erste Kneipe, die er ansteuerte, lag gleich um die Ecke etwas versteckt hinter hohen Bäumen. Er bestellte sich ein Bier und setzte sich zu zwei jüngeren, ganz in Schwarz gekleideten Männern, die ihn höflich willkommen hießen, an den Tisch. Gruber gab sich schweigsam, und so setzten die zwei ihr Gespräch fort, ohne groß auf ihn zu achten. Es dauerte eine Weile, bis er herausfand, dass die zwei sich über Thomas Bernhard unterhielten. Gruber hatte von den Veranstaltungen zu Ehren des vor zwanzig Jahren verstorbenen österreichischen Schriftstellers zwar gehört, sich aber nicht angesprochen gefühlt. Er hatte schon seit Jahren keinen Roman mehr gelesen, das Einzige, was ihn noch interessierte, waren Biografien und Bücher mit geschichtlichen Themen. Dabei fiel ihm ein, dass er bei seinem gestrigen Besuch in der Buchhandlung vergessen hatte, sich dieses Buch über die Varus-Schlacht zu bestellen, von dem er im Tagblatt gelesen hatte. Er grinste unwillkürlich vor sich hin. Dieser scheiß Arminius hat auch alles auf eine Karte gesetzt und gewonnen, dachte er.

Nach dem dritten Bier, es war mittlerweile stockfinster geworden, stand er auf und ging. Er irrte eine Zeitlang herum, bis hinunter zur Traun, wo er wieder kehrtmachte, aber dann stand er endlich vor der Kneipe in der Kammerer Straße, die er anvisiert hatte. Der Laden war ziemlich bevölkert, bunt gemischtes Publikum, aber kaum jemand in seinem Alter. Die meisten davon um eine dreiköpfige Band geschart, die gerade *For your love* von den Yardbirds spielte. So fiel sein Zustand zunächst nicht weiter auf. Erst als er sich zum Tresen durchgedrängt hatte und die Bedienung, ein junges, bildhübsches Mädel, ihn abweisend anguckte, merkte er, dass er möglicherweise ein Problem hatte. Er murmelte seine Bestellung, ein Bier und einen doppelten Tequila, doch das Mädchen schüttelte nur den Kopf.

„Herr Kommissar, was machen Sie denn hier?“,

drang gleich darauf eine Stimme von hinten auf ihn ein. Gruber drehte sich um und erblickte einen kräftig gebauten, jüngeren Mann mit glatt rasiertem Schädel, der ihn mit sorgenvoller Miene von Kopf bis Fuß musterte. Dann zur Bedienung schaute und sagte: „Mach uns mal zwei doppelte Espresso, ja …"

„Hab sie mal gesehen", sagte Gruber.

„Was?"

„Die Yardbirds. Was die da hinten spielen. In einem Club in München."

„Echt? Noch zusammen mit Eric Clapton?"

Gruber schüttelte den Kopf. „Weiß nicht. Vielleicht …" Nach diesen Worten ließ er den Mann einfach stehen und zwängte sich durch die Umstehenden zurück zur Tür. Er trottete zur Scheibenstraße vor und wandte sich nach links, wo ein paar Querstraßen weiter, falls ihm sein Gedächtnis keinen Streich spielte, die nächste Kneipe lag. An der Ecke unterhalb vom Kniebos blieb er kurz stehen und blickte zur Heilig-Geist-Brücke vor. Da rüber, dann noch den Hallabrucker Berg rauf und schon wäre er zuhause. Er spuckte aus und wankte weiter. Schönes Zuhause, wo irgendein Verrückter auf ihn wartete, um ihn abzumurksen! Er tastete nach der Heckler & Koch im Gürtelhalfter. Komm nur, Bürschchen, dachte er, ich werd dir schon heimleuchten. In der Kneipe brannte kein Licht, und als er an der Tür rüttelte, begriff er auch, warum: Der Laden hatte geschlossen. Also ging er mit zunehmend müden Beinen weiter, den Mühlbach entlang, auf den Steg am ehemaligen Wasserwerk zu, der ihn hinüber in die Innenstadt bringen würde. War nicht auch auf dem Karl-Theodor-Platz eine Kneipe? Oder ein Café? Er geriet ins Stolpern, hielt sich am Geländer fest und starrte minutenlang auf das rasch fließende Wasser. So dass er sich, als ihm plötzlich übel wurde, nur über das Geländer beugen musste. Es räumte ihn derart aus, dass er fast das Gleichgewicht verloren hätte und gerade noch verhindern konnte, kopfüber die Böschung hinab in den Bach zu stürzen. Er fing sich wieder und bemerkte erst jetzt, dass er sich angepisst hatte. Das linke Hosenbein war bis zum Knie hinunter dunkel verfärbt und patschnass.

Ein Geräusch hinter seinem Rücken ließ ihn herumfahren. Ein paar Meter entfernt hatten sich zwei Jugendliche aufgebaut, beide kaum älter als siebzehn, und blickten ihn mit einer Mischung aus Verachtung und Aggressivität an. Machten aber keine Anstalten, ihm dumm zu kommen. Noch nicht. Die Heckler & Koch fiel ihm ein. Herrgott, dachte er, bloß das nicht. Seine Pistole würde er verteidigen, bis zum letzten Mann. Aber schon im nächsten

Augenblick war die Sorge um seine Waffe einem erneuten Anfall von Übelkeit gewichen. Er drehte sich wieder in Richtung Geländer, doch zu spät. Zusammengekrümmt und die Hände auf den Magen gedrückt, versprühte er alles über den Weg. Fiel dann auf die Knie und sabberte weiter vor sich hin. Er glaubte noch, etwas wie „so a bsuffane Sau" zu hören, und fand sich wieder allein. Jetzt ein kleines Nickerchen, dachte er, das wäre schön. Er rappelte sich wieder auf und hielt weiter auf den Steg zu. Kam aufrecht auf der anderen Seite an, und ließ sich neben dem Kiesweg ins Gras fallen. Was für eine Wohltat. Hier würde er sich ein wenig ausruhen. Schade nur, dass es nichts mehr zu trinken gab.

Als ihn jemand wachrüttelte, schlug er erst blindlings um sich und versuchte dann, seiner Pistole habhaft zu werden. Es gelang ihm nicht. Jemand hielt seine Hände fest. Er hob den Kopf. Zwei Gesichter schoben sich in sein Blickfeld. Keine Kids. Ein Mann und eine Frau. Der Mann schon älter, kahlköpfig und unrasiert. Die Frau jung, blond und leidlich hübsch. Der Blick des Mannes drückte Sympathie aus. Die Frau dagegen kochte vor Wut, wie ihm schien. Die beiden kamen ihm irgendwie bekannt vor.

„Nicht schlecht", hörte er Schott sagen. „Angepisst hat er sich auch …"

„So ein Idiot", sagte Bischoff. „Hoffentlich hat ihn keiner gesehen, der ihn kennt."

„Kannst du mich verstehen?", fragte Schott.

Du mich auch, dachte Gruber. Was wollten die Arschgeigen von ihm? Es ging ihm doch gut. Wieso störten sie ihn?

Schott wischte ihm mit einem Papiertaschentuch den Mund ab, dann wurde er von den beiden unter den Achseln gepackt und hochgehievt und mit vereinten Kräften über den Kiesweg hin zu dem kleinen Parkplatz geschleift, wo sie ihren Wagen abgestellt hatten. Er wurde auf den Rücksitz bugsiert, Schott drückte ihm ein weiteres Papiertaschentuch in die Hand, und gleich darauf setzte sich der Wagen in Bewegung.

Er hörte Bischoff noch sagen: „Wenn er mir in den Wagen kotzt, ist es aus mit der Freundschaft", dann nichts mehr.

31

Schott legte die Zeitung weg und sah zu, wie Gruber ein paar Tische weiter bei zwei etwa gleichaltrigen Männern Platz nahm. Augenscheinlich gute Freunde von ihm, so wie die Begrüßung ausfiel, herzlich und leicht albern zugleich. Wahrscheinlich zwei der Jungs, mit denen er Musik macht, dachte Schott und trank mit einem kräftigen Schluck sein Bierglas leer. Dann rückte er seine Sonnenbrille zurecht und schaute in die Richtung, aus der Gruber gekommen war, vom Hof der Brauerei her, wo er vermutlich auch seinen Wagen geparkt hatte. Doch niemand ließ sich blicken, den er als Auftragskiller eingeschätzt hätte. Nur ein junges Pärchen mit Kinderwagen betrat den Biergarten, gefolgt von ein paar älteren Leuten.

Schott steckte sich eine Zigarette an und überdachte die Lage. Fragte sich, wie lange dieses Warten auf den Feind noch dauern würde. Es war immerhin schon der vierte Tag, seit er Gruber quasi Rückendeckung gab, seit er zusammen mit Grubers Kollegin Bischoff dafür gesorgt hatte, dass sein Freund wieder auf die Beine gekommen war. So ein Wahnsinn, einfach unglaublich! Er selbst hatte sich oft genug in Grund und Boden gesoffen, aber dass Gruber derart ausflippen, dass der sonst so besonnene und vorsichtige Mann so brutal abstürzen könnte, hätte er nicht für möglich gehalten. Ein stadtbekannter Bulle, der sturzbetrunken, vollgekotzt und angepisst auf allen Vieren durch die Gegend kroch. Dass er das noch erleben durfte! Zum Glück hatte dieser Kneipenwirt aus der Kammerer Straße die Polizei alarmiert, und so hatten sie ihn wohl gerade noch rechtzeitig aufgelesen. Und das alles nur wegen dieser Ingrid. Die musste es ihm wirklich angetan haben. Schade nur, dass er nach diesem Zwischenfall für die Frau vermutlich gestorben war.

Fazit war jedenfalls, dass er bislang nichts entdeckt hatte, was darauf hingewiesen hätte, dass Gruber beschattet oder gar verfolgt wurde. Keine besonderen Vorkommnisse, wie es in einem offiziellen Bericht wohl heißen würde. Hatte die Gegenseite etwa Lunte gerochen und hielt sich zurück, bis die Luft wieder rein war? Oder war von vorneherein nichts dran gewesen, war die Sache mit der Ingrid doch anderen Kräften zuzuschreiben? Er stieß mit dem Fuß gegen die Umhängetasche, die er neben sich am Kiesboden abgelegt hatte. Vielleicht war doch alles umsonst gewesen und er hätte sich die knapp fünfhundert Euro, die er diesem Russen für den Smith & Wesson Revolver inklusive Munition bezahlt hatte, sparen können.

Er überlegte gerade, ob er sich noch ein Bier leisten könne, als er einen Mann bemerkte. Einen jüngeren Mann mit Sonnenbrille und Baseballkappe, der ebenfalls eine Umhängetasche bei sich trug. Schott lehnte sich zurück und verfolgte mit wachsender Anspannung, wie sich der Mann zwischen den Tischen zum Eingang der Bierhalle bewegte und schließlich darin verschwand. Hatte Gruber nicht etwas von einem falschen Reporter mit ähnlichem Outfit erzählt? Er blickte zu Gruber, dem aber offensichtlich nichts aufgefallen war, der weiter angeregt mit seinen Tischnachbarn plauderte.

„Erlauben Sie?"

Schott blickte überrascht zur Seite. Zwei junge, recht leger gekleidete Frauen standen an seinem Tisch und lächelten ihn freundlich an.

Schott nickte. „Natürlich. Bitte …"

Die Frauen hatten sich kaum gesetzt, eine etwas näher zu Schott, als ihm lieb war, da bekam er mit, dass Gruber sein Handy hervorgeholt hatte und telefonierte. Genauer gesagt, hörte Gruber nur kurz zu, beendete das Gespräch dann, erhob sich und holte seine Brieftasche hervor.

„Tut mir leid, aber ich muss noch mal ins Büro", sagte er mit betont lauter Stimme, legte einen Geldschein unter sein Bierglas und marschierte los, ohne mit Schott auch nur einen Blick zu wechseln.

Ins Büro! Schott entschied, vorerst abzuwarten. Die paar Meter zur Polizeiinspektion würde Gruber schon unbeschadet überstehen, mitten in der Stadt, mitten im sonntäglichen Nachmittagsverkehr. Viel interessanter erschien ihm der Typ mit der Baseballkappe. Den würde er im Auge behalten. Die Bedienung kreuzte auf und fragte die zwei Frauen nach ihren Wünschen. Ein Radler und ein leichtes Weißbier, war die Antwort. Schott spähte an der Bedienung vorbei, konzentrierte sich auf den Baseballkappenträger, der nun am Eingang stand und in seine Richtung schaute, über Grubers leeren Stuhl hinweg. Nach kurzem Zögern dann den Weg zurück zum Hof einschlug. Nur jemand, der die Toilette benutzt hatte? Schott schnappte sich kurzentschlossen seine Tasche, stand auf und folgte dem Mann. Zum Glück hatte er sein Bier und seine Brotzeit bereits bezahlt. Er hörte noch, wie eine der Frauen ihm nachrief, ob sie ihn jetzt verjagt hätten, achtete aber nicht darauf. Der Baseballkappenträger bog um die Ecke und wandte sich auf dem Parkplatz einem silbergrauen Golf mit Traunsteiner Kennzeichen zu. Schott lief an ihm vorbei und stieg in seinen nur wenige Meter entfernt davon geparkten Mietwagen, einen Opel Corsa mit Automatikschaltung. Er wartete, bis der Golf die Ausfahrt zur Sankt-Oswald-Straße erreicht hatte und fuhr ihm nach. Er hatte keine Ahnung, was ihn erwartete, wie lange er dranbleiben könnte. Aber den Versuch war es allemal wert. Am Salinenberg drehte der Golf nach links auf die Rosenheimer Straße ab und fuhr weiter stadtauswärts. Schott folgte ihm im Abstand von zwei Autos, über die Bahngleise hinweg zur Wegscheidbrücke, wo der Golf aber statt nach rechts, wo es am Krankenhaus vorbei zur Polizeiinspektion ging, links in Richtung Chieming/Seebruck einbog. Schott hängte sich ran.

Vielleicht doch falscher Alarm? Nur ein harmloser Tourist, der vielleicht eine Spritztour durch die Gegend unternahm? Schott mochte nicht so recht daran glauben. Er hielt sich für einen ziemlich guten Menschenkenner, und irgendwas an dem Kerl war faul, dessen war er sich sicher. Er hoffte nur, dass ihm das Wetter keinen Strich durch die Rechnung machte. Die Wolkenfront, die sich während der letzten halben Stunde über den Bergen aufgebaut hatte, war bereits über ihnen und der Wind hatte mächtig aufgefrischt.

32

Dem Baseballkappenträger auf der Strecke nach Chieming/Seebruck zu folgen, erwies sich als leichte Übung. Der Verkehr war relativ dicht und eher zähflüssig und Schott konnte den Golf gut im Auge behalten, ohne dabei aufzufallen. Kompliziert wurde es erst nach der Kreuzung bei Chieming, als der Baseballkappenträger bei der Ortschaft Egerer nach rechts abbog und sie plötzlich allein auf der Straße, auf weiter Flur, waren. Schott ging auf Abstand, hielt Ausschau nach einem Punkt, wohin der Golffahrer unterwegs sein könnte. Doch ringsum lagen nicht als Felder und Wiesen und dazwischen ein paar Waldstücke.

Schott bekam allmählich ernsthafte Bedenken, was den Baseballkappenträger betraf. Was wollte der Kerl hier draußen? Einen Spaziergang unternehmen? Oder hatte er seinen Verfolger bemerkt und war nun dabei, Schott in einen Hinterhalt zu locken? Schott trat leicht auf die Bremse, um den Abstand zu vergrößern. Aber was könnte ihm schon groß passieren, beruhigte er sich? Er saß im Auto, war in Bewegung und hatte einen schwerkalibrigen Revolver zur Verfügung. Wenn es jemanden gab, der hier und jetzt gefährlich war, dann wohl er selbst, oder?

Er hatte kaum das erste Waldstück erreicht, da trommelten auch schon die ersten Regentropfen aufs Dach. Er schaltete die Scheinwerfer ein und fuhr mit weniger als dreißig Stundenkilometern weiter. Und hätte fast eine Vollbremsung hingelegt, als er den Golf entdeckte, auf einer Schneise rechts von der Straße geparkt, aber doch so knapp, dass er kaum daran vorbeikam. Er ging auf Schritttempo herunter und versuchte, mit dem Baseballkappenträger Blickkontakt herzustellen. Doch der Mann nahm keine Notiz von Schott, hielt den Kopf gesenkt und tat so, als sei er mit irgendetwas auf dem Schoß vor sich beschäftigt. Schott passierte den Golf und beschleunigte wieder, und befand sich gleich darauf wieder auf einer Wiese mit freiem Blick nach allen Seiten. Er atmete tief durch und überlegte fieberhaft, was er nun tun könnte, was der Situation angemessen wäre. Einfach weiterfahren und den Kerl vergessen? Oder ebenfalls Halt machen und warten, was passieren würde. Er fuhr ein Stück weit in die Wiese hinein, stoppte und stellte den Motor ab. Horchte auf den Klang der Regentropfen, die nun immer wuchtiger gegen den Wagen schlugen.

Sein Handy klingelte.

Es war Gruber.

„Bist du noch beim Wochinger?“, fragte er.

„Nein. Irgendwo in der Gegend zwischen Chieming und Traunreut. Hinter einem Kerl her, der kurz nach dir beim Wochinger aufgekreuzt ist und mir ein bisschen komisch vorkam."

„Inwiefern?"

„Schwer zu sagen. Vielleicht, weil er so ähnlich aussah wie dein falscher Reporter. Baseballkappe und Sonnenbrille …"

„Und wo ist der Typ jetzt?", unterbrach ihn Gruber.

„Er steht mit seiner Karre ein paar hundert Meter hinter mir in einem Waldstück und ich überlege gerade, ob ich auf ihn warten oder mich verdrücken soll."

„Kannst du ihn näher beschreiben?"

„Na ja, eigentlich nicht. Wie gesagt, er trägt 'ne Sonnenbrille und eine Baseballkappe. Um die vierzig vielleicht, schmales, längliches Gesicht …"

„Dann verdrück dich besser. Ich habe gerade erfahren, mit wem wir es vermutlich zu tun haben. Oder besser gesagt, die Kollegen in Nürnberg haben einen Mann ausfindig gemacht, der höchstwahrscheinlich unser Mann ist. Sein Name ist Gregor Fabian. Siebenunddreißig, geboren in einem Kaff im Sauerland und ein echtes Geschenk Gottes an die Menschheit. Hat acht Jahre Knast wegen Raub und schwerer Körperverletzung hinter sich und wurde mit zwei Mordfällen im Zuhältermilieu in Verbindung gebracht, ohne dass ihm etwas nachzuweisen gewesen wäre. Und das ist vermutlich nur die Spitze des Eisbergs."

„Also genau der richtige Typ für so einen Job?"

„Du sagst es. Hinzu kommt, dass er seit ein paar Wochen von der Bildfläche verschwunden ist. Und dass er kurz vor Hausers Tod einen schweren Verkehrsunfall hatte, der ihm etliche Monate Krankenhaus eingebracht hat. Er also gar nicht früher losschlagen konnte."

„Würde also alles genau passen?"

„Du sagst es. Also, wo genau steckst du? Ich werde gleich versuchen, die Kollegen vom SEK loszuschicken."

Schott gab ihm seine Position und das Kennzeichen des Golfs durch, legte das Handy dann beiseite und holte seinen Revolver aus der Tasche. Zeit, auf die Jagd zu gehen, dachte er. Als er Motorengeräusch hörte, blickte er zur Seite. Im nächsten Augenblick war der Golf schon auf seiner Höhe, und dieses Mal schaute der Fahrer zu ihm her. Verzog den Mund zu einem leichten Grinsen und fuhr dann gemächlich weiter. Schott war durcheinander. Dass der Mann irgendwie Verdacht geschöpft hatte, war offensichtlich. Aber wieso nahm er dann nicht Reißaus? Weil er nichts zu verbergen hatte?

Oder weil er Schott nicht ernst nahm, weil er ihn für genau das hielt, was Schott herauskehren wollte, für einen alten Deppen, der bei diesem Spiel fehl am Platz war? Oder wollte er Schott etwa herausfordern? So wie er Gruber mit Ingrids Vergewaltigung herausgefordert hatte?

33

Warum nicht, dachte Schott.

Der Revolver lag schwer und vertrauenerweckend in seiner Hand. Sechs Patronen in der Trommel. Sechsmal knapp vierzehn Gramm Blei, die mit einer Geschwindigkeit von gut dreihundert Metern pro Sekunde so ziemlich alles zerfetzen würden, was ihnen im Weg stand. Die bereits bei einem Arm- oder Beintreffer den Gegner glatt umwerfen und außer Gefecht setzen würden. Er legte die Waffe griffbereit zurück auf den Beifahrersitz und startete den Motor. Wer wusste schon, wie lange Grubers Spezialkommando à la GSG 9 auf sich warten lassen würde. Vor allem bei diesem Sauwetter. Konnte da überhaupt ein Helikopter in die Luft gehen, bei Blitz, Donner und Sturm? Vermutlich nicht. Aber wenn er den Baseballkappenträger jetzt verlor, wäre alles umsonst gewesen. Wäre alles für die Katz gewesen und Gruber müsste in Deckung gehen, vielleicht für den Rest seines Lebens.

Nach einer kleinen Senke mit einer halb verfallenen Hütte am Straßenrand erreichte er das nächste, leicht hügelige Waldstück. Auch hier führte die Straße in engen, unübersichtlichen Kurven durch die dicht stehenden Bäume, meistenteils Fichten mit ein paar Laubbäumen dazwischen. Er passierte eine kaum erkennbare Abzweigung, die sich irgendwo hangabwärts verlor, aber nichts. Der Golf musste sich noch vor ihm befinden. Blöd nur, wenn der Kerl aufs Gas gedrückt hatte und abgerauscht war, während er hier im Schritttempo durch den Forst bummelte. Und er wollte gerade beschleunigen, als seine Sicht plötzlich weg war, gerade so, als hätte jemand einen Kübel Milch über die Windschutzscheibe geschüttet. Alles war plötzlich grau in grau, mit zwei Einschusslöchern ziemlich genau in der Mitte der zerborstenen Scheibe.

Schott zögerte keine Sekunde. Ohne nachzudenken, ließ er das Lenkrad los und warf sich blitzschnell über den Beifahrersitz. Stieß mit der rechten Hand die Beifahrertür auf, während er mit der linken den Revolver unter sich hervorzerrte. Er zog die Knie an und wartete kurz ab, bis der Wagen ausreichend an Tempo verloren hatte, und hievte sich dann, die Hände schützend vors Gesicht gehalten, unbeholfen ins Freie. Er landete kopfüber im Gebüsch, mit der rechten Schulter voran, bekam aus dem Augenwinkel noch mit, wie der nun führerlose Wagen krachend mit einem Baumstamm kollidierte und zum Stehen kam. In der Erwartung, gleich eine Kugel abzukriegen, kroch er auf Ellbogen und Knien tiefer in den Wald hinein, doch nichts. Nur das Rauschen des Regens und das Ächzen der hohen Fichtenstämme im aufkommenden Sturm drang auf ihn ein. Nach wenigen Sekunden gefolgt von einem Blitz und einem Donnerschlag, die ihm zunächst jede Orientierung unmöglich machten.

Als er glaubte, für's Erste aus der Schusslinie zu sein, rollte er sich auf den Rücken, den Revolver angehoben und mit beiden Händen fest gepackt, und hielt Ausschau. Die Schüsse waren von vorne gekommen, also lauerte der Kerl jetzt vermutlich irgendwo rechts von ihm. Falls er überhaupt noch da war. Seine Gedanken überschlugen sich. Sollte er es darauf ankommen lassen? Sollte er Deckung suchen und ein Feuerwerk riskieren? Oder andersrum: Sollte er sich vielleicht tot stellen und warten, bis sein Gegner heran wäre und sich als Zielscheibe präsentierte. Es war mittlerweile fast nachtdunkel zwischen den Bäumen, so dass seine Chancen wohl nicht schlecht stünden, sollte der andere auf den Gedanken kommen, hier aufzukreuzen. Aber was, wenn er über eine Infrarotbrille verfügte? Dann wären seine Chancen gleich Null. Also nichts wie weg, raus aus diesem verdammten Wald.

Es kam Schott dennoch wie eine kleine Ewigkeit vor, ehe er es wagte, in gebückter Haltung loszurennen. Weg von der Straße hinein ins Dickicht, wo er kaum die Hand vor Augen erkennen konnte. In der Hoffnung, dass der nächste Blitz noch möglichst lange auf sich warten lassen würde. Erst hier bemerkte er, dass er sein Handy verloren hatte. Verdammte Scheiße. Wie sollte er Gruber jetzt durchgeben, was passiert und wo er zu finden war? Er musste unbedingt zu einem Telefon. Er stolperte und fiel der Länge nach hin, mit dem Gesicht hart voran auf eine Wurzel. Doch bevor er einen Fluch ausstoßen konnte, erhellte ein weiterer Blitz den Wald und er murmelte ein Dankeschön. Nutzte dann das Geräusch des Donners aus, um sich weiter fortzubewegen. Er kam an einen Abhang, glitt auf dem Hosenboden nach unten und sah endlich etwas Licht vor sich. Der Waldrand war nicht mehr weit. Er richtete sich wieder auf und hastete weiter.

34

Das erste Gebäude, das Schott erreichte, war ein kleines Gehöft mit einem Anbau, in dem ein paar Schrottautos vor sich hin rosteten. Er steckte sich den Revolver hinten in den Hosenbund, zog das Hemd darüber und wischte sich die Nässe aus dem Gesicht. Dann klopfte er fest gegen die abgesperrte Haustür. Er wartete kurz, doch nichts tat sich, obwohl im Flur Licht brannte, wie er durch das winzige Guckfenster in der Tür ausmachen konnte. Er klopfte nochmals, kräftiger und länger anhaltend. Vergebens. Kein Lebenszeichen hinter der Tür. Schotts Unruhe wuchs. Wenn er Gruber nicht bald erreichen würde, könnten sie die Sache vergessen. Er spähte erneut durch das Guckloch. War tatsächlich niemand zuhause? Oder hatte man ihn beim Herankommen gesehen, und entschieden, ihm nicht zu öffnen, zerkratzt, verdreckt und durchgenässt, wie er war? Er lief um die Ecke und schaute in die Fenster, und tatsächlich, auch in der Küche war die Deckenlampe eingeschaltet. Nur sehen ließ sich auch hier niemand. Er überlegte kurz, ob er sich mit Gewalt Zutritt verschaffen sollte, ob er vielleicht ein Fenster einschlagen sollte? Zu umständlich, entschied er. Und wer konnte schon sagen, wie die Reaktion darauf ausfallen würde. Das hätte ihm gerade noch gefehlt, dass er als Einbrecher angesehen und vielleicht sogar attackiert wurde.

Schott wandte sich ab und hastete weiter, in Richtung der kleinen Ortschaft, die ein paar hundert Meter weiter sichtbar geworden war. Der Regen hatte inzwischen etwas nachgelassen, aber noch immer zuckten Blitze zwischen den tief hängenden Wolken umher und die Luft war von einem ständigen Donnergrollen erfüllt. Ein Schlachtfeld ist ein Dreck dagegen, sagte sich Schott, um sich Mut zu machen. Er passierte eine mitten auf der grünen Wiese errichtete Werkshalle, ein Feuerwehrhaus und das erste Wohnhaus, das aber nicht in Frage kam, da alle Fenster mit Rollläden dichtgemacht waren. Auch der Gasthof an der nächsten Ecke schied aus, stand offensichtlich schon seit längerer Zeit leer. Aber dann erblickte er auf dem kleinen Dorfplatz eine Telefonzelle und atmete erleichtert auf. Nie wieder würde er schlecht über die Telekom reden. Er stürzte in die Zelle, der Apparat war intakt. Einen Augenblick lang war er versucht, die Notrufnummer zu wählen, ließ es dann aber sein und kramte in seiner Hosentasche nach Kleingeld. Gott sei Dank hatte er ein paar Eurostücke eingesteckt, und er hatte den Hörer schon in der Hand, als er den Golf um die Ecke beim Gasthof kommen sah.

Schott drehte sich um und drückte sich gegen das Münzgehäuse, ganz so, als könnte er sich damit unsichtbar machen, wenn er dem Kerl den Rücken zukehrte. Er spürte seine Kräfte schwinden, fürchtete eine Ohnmacht. Sein Herz raste, das Blut rauschte in seinen Ohren, er zitterte plötzlich am ganzen Körper. Nur ein paar Sekunden, und der Wagen würde auf seiner Höhe sein. War dieser Drecksack hinter ihm her oder nur auf der Durchfahrt?

Egal, dachte Schott, go for yourself. Er handelte rein instinktiv, ohne auch nur im Geringsten an die Folgen zu denken. Er riss seinen Revolver aus dem Hosenbund und packte ihn fest mit beiden Händen, stieß die Tür auf und lief direkt auf den Golf zu. Es waren nur einige wenige Meter. Die längsten Meter seines Lebens. Aber er hatte Glück. Das Fahrerfenster war hochgekurbelt und auch sonst wies nichts darauf hin, dass der andere damit gerechnet hätte, ihn hier anzutreffen. Für einen Sekundenbruchteil trafen sich ihre Blicke. Aus der Nähe betrachtet und ohne Sonnenbrille sah der Mann älter aus, als er gedacht hatte. Schmallippig, mit kleinen, stechend dunklen Augen und zwei tiefen Falten um die Mundwinkel. Im nächsten Augenblick hatte Schott auch schon abgedrückt, und das Gesicht verschwand hinter dem Loch in der zersplitterten Scheibe. Schott feuerte erneut, dann war der Wagen an ihm vorbei. Schott stellte sich breitbeinig auf die Straße, hob den Revolver an und gab zwei weitere Schüsse auf die Heckscheibe des Golfs ab, der bereits an Fahrt verloren hatte, gleich darauf mit dem rechten Kotflügel einen Begrenzungspfosten streifte und schließlich ein Stück entfernt an der Einfahrt zu einem Wohnhaus zum Stehen kam. Schott folgte dem Golf mit erhobener Waffe, auch wenn er sicher war, dass ihm keine Gefahr mehr drohte. Dass der Baseballkappenträger, selbst wenn er noch am Leben sein sollte, erledigt war. Er öffnete vorsichtig die Fahrertür, warf einen flüchtigen Blick in das Wageninnere, und zuckte sofort zurück.

Hinter Schott ertönte ein Schrei. Und dann noch einer. Schott trat vom Wagen zurück und fragte sich, unvermutet die Ruhe selbst, wo es wohl angebracht wäre, auf die Polizei zu warten. Der Gedanke war so albern wie nur was, aber er konnte ja schlecht wie ein Großwildjäger neben seiner erlegten Beute ausharren und sich dabei vielleicht noch fotografieren lassen. Er steckte seinen Revolver wieder ein, blickte in die Runde und schlich zum nächsten Hauseingang.

35

Gruber stellte seinen Wagen am Ortseingang ab und machte sich zu Fuß auf den Weg zum Schauplatz des Massakers. Er hatte bereits während der Anfahrt jede Menge teils höchst widersprüchlicher Informationen übermittelt bekommen und konnte es kaum erwarten, sich selbst ein Bild zu machen. Immerhin schien nun definitiv festzustehen, dass nicht Schott das Opfer war, sondern der Fahrer des Golfs. Und dass sonst niemand zu Schaden gekommen war. Vor allem nicht irgendein unbeteiligter Dorfbewohner, getroffen von einer verirrten Kugel. Denn dann hätte es schlecht für sie beide ausgesehen, verdammt schlecht, egal, was der Fahrer des Golfs auf dem Kerbholz hatte. Dass Schott den Richtigen erwischt hatte, daran hatte er mittlerweile nicht den geringsten Zweifel. Dafür sprach schon die Pistole mit Schalldämpfer, die neben dem Toten im Golf entdeckt worden war.

Ein junger Mann in sichtlich hastig übergezogener Feuerwehruniform versperrte Gruber den Weg und bat ihn, sich fernzuhalten; die Polizei dürfe bei ihrer Arbeit nicht gestört werden. Gruber zeigte seinen Ausweis vor und drängte sich durch die Menge der Neugierigen. Augenscheinlich war das ganze Dorf auf den Beinen, vom Kleinkind bis zum Greis.

Dann erblickte er endlich den Wagen des Killers, halb in der Zufahrt zu einem Wohnhaus. Alle Wagentüren bis auf die Beifahrertür des Golf standen offen, über den Kopf und den Oberkörper des Fahrers hatte man eine Plastikplane gebreitet. Ein paar Streifenbeamte standen unschlüssig herum und hielten die Umstehenden auf Distanz. Gruber hielt seinen Ausweis in die Höhe und wandte sich dem Streifenwagen zu, in dem Schott auf dem Rücksitz hockte, den Kopf gesenkt, den Blick auf den Wagenboden gerichtet. Er öffnete die Wagentür und starrte ungläubig auf Schotts ramponierte Gestalt, seine durchnässten, verdreckten und stellenweise zerrissenen Klamotten. Fragte sich, was da wohl alles passiert sein mochte. Schotts Hände waren mit Handschellen am Rücken gefesselt. Schott hob den Kopf und blickte ihn träge lächelnd an.

„Auch schon da?“, murmelte er.

„Schneller ging's nicht. Alles okay so weit?“

„Ich bin noch am Leben, wie du siehst …“

„Abnehmen“, befahl Gruber der jungen Streifenpolizistin, die an ihn herangetreten war. Es war dieselbe Person, die ihm vor wenigen Tagen angeboten hatte, seinen Wagen zu übernehmen.

„Was?“, fragte sie irritiert.

„Ich habe gesagt: Abnehmen.“ Gruber drückte der Polizistin seinen Ausweis an die Nase. „Sie kennen mich doch, oder? Also nehmen Sie ihm endlich diese verdammten Handschellen ab. Und sorgen Sie dafür, dass er eine Decke und was Warmes zu trinken bekommt."

„Der Mann ist ein Mörder", erwiderte die Streifenbeamtin ungerührt.

„Und ich bin Ihr Vorgesetzter. Also, wird's bald …"

„Der Mann hat mehrere Schüsse auf den Fahrer des Golfs da abgefeuert, Herr Hauptkommissar", sagte sie. „Das ist völlig unmöglich."

„Ich sehe mir jetzt den Toten an", erklärte Gruber. „Wenn ich zurückkomme, ist Herr Schott diese Handschellen los und Sie geben ihm alles, was er braucht. Oder ich sorge dafür, dass Ihre Karriere hier und heute zu Ende ist."

Gruber drehte sich um und ging wutschnaubend die paar Meter zu dem Golf. Abgeschirmt von zwei Streifenpolizisten, hob er die Plastikplane an und betrachtete Schotts Werk. Vom Kopf des Golffahrers war nicht viel übriggeblieben, Blut, Knochen und Hirnmasse hatten sich überall im vorderen Teil des Wagens verteilt. Aber der Tote trug die gleiche Jacke, die der angebliche Reporter getragen hatte. Und auch die Umhängetasche auf dem Beifahrersitz kam ihm bekannt vor. Herrgott, wie nahe war er damals dem Tod wohl gewesen?

Wären Neumanns Putzfrau und deren Mann nicht aufgetaucht, wäre er vermutlich längst ein toter Mann. Mistkerl, verdammter. Er hörte, wie hinter ihm Unruhe entstand, und blickte sich um. Neben den Beamten stand ein gut sechzigjähriger Mann, bekleidet mit einem schwarzen Anzug und einem goldenen Kreuz auf der weißen Hemdbrust.

„Lasst uns ein Gebet sprechen", sagte der Mann.

Gruber deckte den Toten wieder zu und erwiderte: „Das wird den lieben Gott aber nicht daran hindern, ihn geradewegs in die Hölle zu schicken, Herr Pfarrer."

„Sie unterschätzen die Gnade des Herrn."

„Oder Sie die Macht des Teufels …"

36

„Wie lange arbeiten wir jetzt zusammen, vierzehn, fünfzehn Jahre?“ Dr. Werner hatte ihre Brille abgenommen und musterte Gruber mit eisigem Blick. „Und wir sind eigentlich immer gut miteinander ausgekommen, oder etwa nicht? Selbst als dieser Hauser damit anfing, uns das Leben schwer zu machen. Warum zum Teufel haben Sie mich also nicht darüber informiert, dass Sie eigene Maßnahmen getroffen haben? Jetzt stehe ich da wie …“

„Er wollte mir nur einen Gefallen tun“, unterbrach Gruber. „Niemand hat erwartet, dass es so ausgehen würde, ich am allerwenigsten.“

„Tatsächlich? Was erwartet man denn, wenn man jemanden engagiert, der einen Revolver mit sich herumschleppt? Dass er vorhat, Schmetterlinge zu fangen? Das allein könnte Ihnen schon das Genick brechen.“

„Es war ein Notfall …“, sagte Gruber etwas lahm.

„Ach ja? Zwei Zeugen sagen unabhängig davon aus, dass Ihr Freund Schott zuerst und mehrmals auf Gregor Fabian gefeuert hat.“

Gruber rutschte unruhig auf seinem Stuhl hin und her und sagte nichts. Dass er und Schott da noch einiges durchzustehen hätten, war ihm klar.

Die Frage war nur, welche Strategie sie dabei verfolgen sollten.

„Rein rechtlich gesehen war dies vorsätzliche Tötung, das ist Ihnen doch klar?“, giftete die Staatsanwältin weiter.

Gruber nickte mit zerknirschter Miene. „Schon möglich. Aber rein persönlich, also aus Schotts Perspektive gesehen, war es glasklare Notwehr, würde ich sagen.“

„Und wie kommen wir da wieder raus?“, fragte die Staatsanwältin nach einer Pause, leicht besänftigt.

„Mit einem psychiatrischen Gutachten, wie andere auch. Er war in diesen paar Sekunden nicht voll zurechnungsfähig, ganz einfach. Immerhin hatte Fabian bereits zweimal auf ihn geschossen. Und er musste davon ausgehen, dass Fabian nach ihm sucht …“

„Sie vergessen dabei nur eines: Er hätte nie dort sein dürfen.“

„Das nehme ich auf meine Kappe“, erwiderte Gruber. „Mich schicken Sie meinetwegen in Pension und Schott schicken Sie nach Gabersee. Ein paar Wochen in der Psychiatrie wird er schon überstehen. Kann er gleich Stoff für ein neues Drehbuch sammeln. Bis dahin hat sich die Aufregung gelegt und wir haben Zeit, alles ins rechte Licht zu rücken.“

„Ins rechte Licht rücken!“, wiederholte die Staatsanwältin. „Sie beide machen mich noch wahnsinnig.“

„Es gibt Schlimmeres.“

„Wie bitte?“

„Hat ein Arzt mal zu einem Bekannten von mir gesagt, nachdem er ihm mitgeteilt hatte, dass er Krebs habe.“

„Und?“

„Er lebt noch, und den Arzt hat er auch nicht gewechselt …“ Gruber nickte der Staatsanwältin zu, erhob sich und ging zurück in sein Büro, in dem Bischoff und Schott herumsaßen und sich angeregt unterhielten. So, als wäre nichts gewesen. Gruber war erstaunt. Dass die beiden sich mal derart gut verstehen könnten, hätte er nicht erwartet.

„Und, was hat sie gesagt?“, fragte Bischoff.

„Nichts, was uns beunruhigen müsste“, erwiderte Gruber. „Sie hat nur ein bisschen Dampf abgelassen.“

„Okay, dann lasse ich euch zwei Blutsbrüder mal alleine …“, sagte Bischoff mit einem Lächeln und verschwand zur Tür hinaus.

„Ich meine, ich bin dir dankbar wie sonst was, aber war es unbedingt nötig, ihn quasi in Fetzen zu schießen?“, fragte Gruber, sowie er an seinem Schreibtisch Platz genommen hatte.

„Kontrollierte Offensive nennt man so etwas“, erwiderte Schott leichthin.

„Ja. Sehr einleuchtend …“

Schott lehnte sich zurück und zupfte an dem Pullover, den ein Beamter nebst einer Jeans, Unterwäsche und Socken aus Schotts Hotelzimmer herbeigeschafft hatte. „Okay, jetzt mal im Ernst: Hast du mal Lawrence von Arabien gesehen?“, fragte er schließlich.

Gruber nickte verblüfft. „Ja, sicher. Leider nur im Fernsehen. Aber …“

„Egal“, unterbrach ihn Schott. „Also, da kommt der Lawrence ziemlich am Anfang des Films aus der Wüste wieder zurück nach Kairo, um seinen Vorgesetzten zu erklären, dass er nicht weitermachen werde. Und zwar deswegen, weil er einen Typ, mit dem er sich angefreundet hatte, aus – sagen wir mal – politischen Gründen exekutieren musste …“

„Und weiter?“

„Na ja, seinen Vorgesetzten reicht diese Erklärung nicht aus, und als sie nachbohren, rückt er mit dem wahren Grund heraus.“ Schott verstummte erneut und blickte Gruber mit einem schiefen Grinsen an.

„Jetzt sag schon, verdammt.“

„Lawrence sagt, er wolle deswegen aufhören, weil es ihm Spaß gemacht habe, den Mann zu töten.“

„Idiot", erwiderte Gruber und drehte sich zum Fenster um. „Behalt diesen Scheiß bloß für dich, sonst sperren sie dich ruckzuck weg."

„Das werden sie doch ohnehin, oder etwa nicht?"

„Jetzt sag bloß noch, du möchtest in den Knast?"

Schott beugte sich vor. „Warum nicht? Solange es nur vorübergehend wäre …"

„Das genau ist die Frage", sagte Gruber. „Wenn wir Pech haben, bist du nämlich für ziemlich lange Zeit weg. Ich meine, die Staatsanwältin haben wir auf unserer Seite, aber wenn wir an den falschen Richter geraten, kann ich für nichts garantieren."

37

Es war schon Mitternacht vorbei, als Gruber endlich nach Hause kam. Todmüde und total verschwitzt, aber bester Dinge. Natürlich würde Schotts Alleingang noch für einigen, vielleicht sogar für mächtigen Ärger sorgen, aber das wären Lappalien, verglichen mit dem, was auf dem Spiel gestanden hatte. Da würde man schon einen Paragraphen finden, um die Sache als vermeintliche Notwehr hinzustellen. Alles nur eine Frage der Auslegung, letztendlich.

Doch er war kaum aus dem Auto gestiegen, als ihn ein gewaltiger Schrecken durchfuhr. Um die Hausecke, vom Garten her, war ein Mann getreten und starrte ihn sekundenlang wortlos an. Kam dann ein paar Schritte näher, das fleischige Gesicht von einem müden Lächeln verzerrt. Gruber, die Heckler & Koch schon in der Hand, traute seinen Augen nicht. Das war einfach unmöglich. Ein Gespenst, eine Schimäre, ein schlechter Witz. Er schüttelte verwirrt den Kopf, doch es half alles nichts. Sein nächtlicher Besucher war niemand Geringerer als Christopher Roth. Bekleidet mit Jeans und Sakko, leicht unrasiert und ohne jede Ähnlichkeit mit dem arroganten, machtgeilen Politiker, als der er seit Jahrzehnten bekannt und berüchtigt war.

„Um Gottes willen, Herr Kommissar, Sie wollen mich doch nicht etwa erschießen?“, sagte Roth mit teilnahmsloser Stimme.

Gruber war noch immer sprachlos.

Roth deutete auf die Pistole. „Bitte. Ich glaube nicht, dass Sie die brauchen.“

Gruber verstaute die Heckler & Koch wieder im Halfter und blickte sich um. „Was wollen Sie denn hier?“, fragte er schließlich.

„Sie wollten mich doch seit Tagen sprechen, oder etwa nicht?“

Gruber nickte nur.

„Nun, hier bin ich … Aber vielleicht sollten wir ins Haus gehen, finden Sie nicht?“

Gruber ging voran, sperrte auf, machte Licht und ließ Roth den Vortritt. „Hier entlang“, sagte er und dirigierte seinen Besucher ins Wohnzimmer. Er überlegte kurz, ob er Roth etwas zu trinken anbieten sollte, verzichtete aber. Sie setzten sich und Gruber blickte Roth erwartungsvoll an. „Haben Sie etwa auf mich gewartet?“, fragte er leicht dümmlich.

„Allerdings.“

Mal sehen, was er zu bieten hat, dachte Gruber, der sich nur einen Grund denken konnte, weswegen Roth hier heimlich und mitten in der Nacht aufgekreuzt war: Roth wollte Druck ausüben, vielleicht verknüpft mit einem Deal.

„Sie waren in den letzten Tagen recht aktiv“, begann Roth.

„Ich habe nach ein paar Antworten gesucht, ja …“

„Zum Beispiel, wieso ein Mann, der angeblich ins Ausland geflohen ist, als Leiche mitten in einem heimischen Moorgebiet wieder auftauchen konnte?“

„Sie sagen es. Aber vielleicht sollten wir der Genauigkeit halber noch hinzufügen: Als Leiche mit eingeschlagenem Schädel.“

Roth rieb sich das Gesicht und stieß einen Seufzer aus. „Nun, wie auch immer. Wer ihn hingeschafft hat, dürfte Ihnen mittlerweile klar sein …“

„Manfred Neumann, schätze ich.“

Roth nickte. „Richtig. Übrigens auf Neumanns Vorschlag hin, aber das nur nebenbei. Aber für den Tod von Heinz Kirchhammer bin ich verantwortlich. Und das ist so gekommen: Wie Sie inzwischen ja wissen, waren wir damals so was wie eine Clique, ich, der Manni, der Heinz, der John und der Freddie …“

„Die Ingrid hat nicht zu euch gehört?“

„Ach die Ingrid!“ Roth verzog das Gesicht. „Die war mehr so ein Maskottchen, über die jeder mal drüber ist, wenn er Lust dazu hatte.“

„So?“ Gruber fühlte Wut in sich hochsteigen, konnte sich aber gerade noch beherrschen. Er presste nur die Lippen zusammen und warf Roth einen finsteren Blick zu.

„Ich habe von dieser tragischen Geschichte natürlich gehört", lenkte Roth ein. „Aber damit habe ich nichts zu tun."

Gruber sagte nichts dazu.

„Ich weiß nicht mehr genau, wie es angefangen hat", sagte Roth weiter. „Oder genauer gesagt, wer zuerst den Vorschlag gemacht hat, aber eines Abends sind wir losgezogen, um mal so richtig was zu erleben, irgendwas Ungewöhnliches, was Aufregendes. Ich meine, andere haben gedealt oder sich sonst wie auf Fahrt gebracht, mit Trips und so, und da wollten wir auch mal Spaß haben. Na ja, um es kurz zu machen: Wir sind in eine Hütte am See eingebrochen und haben dort alles mitgehen lassen, was nicht niet- und nagelfest war. Und das hat uns dann auf den Geschmack gebracht, und da haben wir angefangen, ständig irgendwelche Wochenend- oder Ferienhäuser auszuspähen und dann auszuräumen. Ein paar der Sachen haben wir verkauft, meist in Salzburg, aber die Beute war uns eigentlich gleichgültig, vom Heinz einmal abgesehen. Hauptsächlich war es der Kick, irgendwo einzudringen. Die Lust am Risiko."

„Bis der liebe Heinz eines Abends so richtig Mist gebaut hat, richtig?"

„Richtig. Dieser Vollidiot! Nur weil er den Bullen aus einer verrückten Laune heraus mal zeigen wollte, was für ein toller Fahrer er ist.“ Roth schnitt eine Grimasse. „Eigentlich hat der Typ ja nie richtig zu uns gepasst. Ohne Vater aufgewachsen, Mutter Kellnerin, Volksschule, eine abgebrochene Lehre als Automechaniker. Aber er hatte als einziger ein Auto und immer große Sprüche drauf.“

„Und was ist dann passiert?“

Roth lehnte sich zurück und tat für ein paar Sekunden so, als würde er Grubers Einrichtung begutachten. Er sagte: „Er hat mich gleich nach dem Unfall angerufen. Ich meine, gleich nachdem er seinen Wagen versteckt hatte und zu Fuß nach Petting ist. Wollte wissen, was er jetzt machen soll und so. Ich habe zu ihm gesagt, wenn er meint, dass er die Sache durchstehen könnte, solle er sich stellen. Und natürlich, dass wir ihn nach Kräften dabei unterstützen würden. Indirekt, versteht sich, über Dritte, dass wir zum Beispiel dafür sorgen würden, dass er auch die besten Anwälte bekommt ...“

„Und das hat er abgelehnt, oder wie?“, unterbrach ihn Gruber.

„Das nicht gerade. Er wollte es sich nur überlegen. Er hat den nächsten Tag dann irgendwo auswärts verbracht, versteckt in einem Heustadl, glaube ich, und abends haben wir uns dann alle in

Freilassing getroffen, in einem Industriegebiet in der Nähe vom Bahnhof. Und da wollte er plötzlich vom Knast nichts mehr wissen, wollte nur noch, dass wir ihm Geld beschaffen, damit er abhauen kann. Ich habe noch versucht, ihm zu erklären, dass dies seine Zeit brauchen würde, aber er war schon ziemlich mies drauf und hat angefangen, rumzustänkern. Hat uns beschuldigt, dass wir ihn hängenlassen würden und so weiter. Jedenfalls habe ich ihm irgendwann eine runtergehauen, um ihn wieder zur Vernunft zu bringen. Und dabei wär's auch geblieben, wenn er nicht zurückgeschlagen hätte, der blöde Hund. Wenn er mir nicht mitten ins Gesicht geschlagen hätte, voll auf die Nase. Da bin ich erst richtig wütend geworden und habe ihm noch ein paar gelangt, und zwar kräftig. Dabei ist er gestolpert, nach hinten gefallen und mit dem Hinterkopf voll auf einen Betonsockel geknallt. Wir haben sofort gewusst, dass er tot ist, bevor wir überhaupt nachgeschaut haben."

„Fahrlässige Tötung. Deswegen wären Sie, schon altersbedingt, vermutlich nicht mal eingesperrt worden."

„Sicher. Das weiß ich heute auch. Aber damals haben wir alle die Panik gekriegt. Ich meine, wir hatten alle gerade Abitur gemacht, hatten Pläne, wollten raus aus der beschissenen Provinz, irgendwohin, wo was los war. Aber mit einer Reihe von Einbrüchen und einer Leiche im Lebenslauf? Nicht zu vergessen unsere Eltern, der Skandal zuhause. Mein Vater war ja, wie Sie sicher wissen, damals schon in der Politik. Der Vater vom Weigel war Richter. Ich meine, wenn dem Heinz noch zu helfen gewesen wäre, keine Frage, aber so …"

„Aber so haben Sie alle beschlossen, die Sache zu vertuschen?"

„Ja, aber auch nur, weil der Heinz öfter mal damit geprahlt hat, dass er eines Tages alles stehen- und liegenlassen würde und nach Indien, nach Goa und so, abhauen würde. Und da hat der Manni gemeint, dass es für den Heinz jetzt wohl Zeit wäre, sein Vorhaben in die Tat umzusetzen. Die Frage war nur, wohin mit der Leiche. Aber da wusste der Manni auch einen Ausweg. Genauer gesagt, hat er angeboten, den Heinz spurlos verschwinden zu lassen. Für immer und ewig, hat er behauptet."

„Und damit waren Sie alle einverstanden?"

Roth lächelte gequält. „Wir haben demokratisch abgestimmt. Die Mehrheit war dafür."

„War jemand dagegen?"

„Die Ingrid. Sie hat gemeint, das könnten wir der Mutter vom Heinz nicht antun."

Gruber nickte. „Also hat Neumann die Leiche weggeschafft und in diesem Moorgebiet untergebracht, so weit, so gut. Und wer hat dann die Postkarte aus Kabul geschrieben? Sie?“

„Das war der Freddie, unser Abenteurer. Der hat gemeint, auf diese Weise könnte man die leidige Geschichte ein für allemal aus der Welt schaffen.“

„Hätte ich mir eigentlich denken können“, sagte Gruber. „Und wann hat Neumann dann angefangen, Sie zu erpressen?“

„Ziemlich bald schon, so Ende der siebziger Jahre. Er war ja immer pleite, und ich, nun ja, ich hatte eigentlich immer genug Geld. Es war anfangs auch nicht besonders viel, was er verlangt hat, mal hier ein paar Hunderter, mal dort einen Tausender zu Weihnachten. Richtig unverschämt ist er erst geworden, als ich meine zweite Frau geheiratet habe. Da hat er dann voll zugelangt.“

„Und die anderen? Haben die davon gewusst?“

„Der Freddie sicher, bei dem seiner Paranoia. Der John eher nicht, der hat alles verdrängt.“ Roth stieß erneut einen Seufzer aus und wirkte plötzlich um Jahre gealtert. Seine Stimme wurde fast andächtig. „Wissen Sie eigentlich, wie das ist, all die Jahre zu leben und zu wissen, dass einem jederzeit der Boden unter den Füßen weggezogen werden kann?“

Gruber lehnte sich leicht entspannt zurück. Das unangenehme Gefühl in seiner Magengrube war verflogen. „Ich kann es mir vorstellen“, sagte er. „Deswegen frage ich mich auch schon die ganze Zeit, wieso Sie unter diesen Umständen überhaupt in die Politik gegangen sind?“

„Das ist ja der Witz. Das war reiner Zufall. Eigentlich wollte ich nichts weiter, als nach meinem Jura-Studium irgendwo unauffällig als Anwalt arbeiten. Aber als mein Vater nach seinem ersten Herzinfarkt ausgefallen ist, haben mich ein paar seiner Parteifreunde gefragt, ob ich nicht Lust hätte, ihn quasi zu beerben. Und so ist eins zum anderen gekommen. Plötzlich saß ich im Landtag, war Staatssekretär, dann in Bonn, na ja, den Rest kennen Sie …“

„Und was wollen Sie jetzt von mir?“, fragte Gruber. „Absolution? Stillschweigen? Mir klar machen, dass ich erledigt bin, wenn ich die Sache publik mache?“

„Ich will überhaupt nichts von Ihnen. Ich wollte nur, dass Sie Bescheid wissen, bevor Sie es von den anderen erfahren, die Ihnen, aus welchen Gründen auch immer, vielleicht eine ganz andere Geschichte erzählen.“

„Und was soll ich nun Ihrer Meinung nach tun?“

„Das überlasse ich Ihnen.“ Roth erhob sich. „Machen Sie es gut, Herr Gruber!“

38

Obwohl er in den wenigen Stunden, die er im Bett gelegen hatte, kaum ein Auge zugemacht hatte, fühlte sich Gruber am nächsten Morgen wie neugeboren. Der Fall war gelöst und auch Hausers Killer schmorte in der Hölle. Und mit der Ingrid würde auch alles gut werden. Das redete er sich auf dem Weg ins Badezimmer zumindest ein. Die Frage war jetzt nur: Was sollte er mit Roths Geständnis anfangen? Eigentlich gab es keinen Grund, ihm deswegen die Karriere und alles, was er sich im Laufe der Jahre aufgebaut hatte, zu zerstören. Zumal die ganze Geschichte, falls er nicht gelogen hatte, tatsächlich nur ein dummer Unfall gewesen war. Lediglich das Leiden von Kirchhammers Mutter sprach dagegen. Vierzig lange Jahre, die der armen Frau das Dasein gründlich verleidet hatten. Die sie mit dieser Ungewissheit hatte leben müssen, einer Ungewissheit, die bekanntlich schlimmer war als der Tod.

Zurück in der Küche, machte er sich Kaffee und vermied es, entgegen seiner Gewohnheit, die Nachrichten hören. Er wollte nichts hören an diesem Morgen. Er wollte sich erst mit Bischoff beratschlagen und sich dann um Schott kümmern, dem zumindest etliche Tage U-Haft und anschließend eine psychiatrische Untersuchung in Gabersee bevorstanden. Er setzte sich an den Tisch und gönnte sich zum Kaffee einen Schokopudding, den er in der hintersten Ecke des Kühlschranks entdeckt hatte und rief dann Bischoff an. Bat sie, ohne sie richtig zu Wort kommen zu lassen, um ein Treffen in der Stadt. Vielleicht in diesem Café am Maxplatz, mit dem sie einige Erinnerungen verbanden.

Bischoff wollte noch etwas sagen, aber da hatte er die Verbindung schon gekappt.

Zwanzig Minuten später stand er am Maxplatz und wartete, bis Bischoff ihren Roadster gegenüber am Pfarrhof eingeparkt hatte und zu ihm herangekommen war. Sie setzten sich, bestellten sich Kaffee, und Gruber berichtete seiner Kollegin von Roths nächtlichem Besuch und seinem überraschendem Geständnis.

„Und deswegen hast du mich jetzt hierher gehetzt? Um mir das zu erzählen?“, fragte sie, bei weitem nicht so beeindruckt, wie Gruber angenommen hatte.

„Ich möchte deine Meinung dazu hören“, erwiderte Gruber, leicht verstimmt über ihre reservierte Haltung. „Ich finde, wir sollten das gemeinsam entscheiden.“

„Was entscheiden?“

„Ob wir die Sache auf sich beruhen lassen oder nicht.“

„Du willst ihm und seinen Freunden die Wahl im September nicht versauen, stimmt's?"

„Die Wahl interessiert mich einen Dreck ..."

„Und was ist, wenn einer von den anderen eines Tages doch noch auspackt?", fragte Bischoff mit nachdenklichem Gesicht. „Deine Freundin Ingrid vielleicht? Oder dieser Ex-Studienrat? Dann sitzt du nämlich gewaltig in der Patsche. Und ich ebenso."

„Das eben sollten wir ausdiskutieren."

Bischoff lächelte unvermutet. „Wie ein altes Ehepaar, oder wie? Das nur noch zusammenhält, weil es was zum Ausdiskutieren gibt."

„So? Dann weiß ich jetzt endlich, warum meine Ehe gescheitert ist."

„Tja, da muss ich dich leider enttäuschen."

„Wieso?"

„Tut mir leid, aber du hast mich vorhin ja kaum zu Wort kommen lassen, und offensichtlich auch keine Nachrichten gehört."

Gruber horchte auf. „Was ist? Ist irgendwas mit Schott?"

Bischoff schüttelte den Kopf. „Nein, nein, jedenfalls nicht, dass ich wüsste. Aber wegen Roth müssen wir uns keine Gedanken mehr machen. Roth ist tot. Ist heute früh gegen vier Uhr auf dem Heimweg auf der Autobahn gegen einen Brückenpfeiler gerast. Er war vermutlich auf der Stelle tot."

Gruber war sprachlos. Auch wenn er geahnt hatte, dass Roths Auftauchen bei Nacht und Nebel wohl mehr bedeutet hatte als das Geständnis eines in die Enge getriebenen Mannes. „Und wovon geht man aus?“, fragte er nach einer Pause. „Unfall oder Selbstmord?“

„Die Rede war von einem Unfall. Aber ich schätze, er hat einfach die Flucht nach vorne angetreten. In der Hoffnung, dass wir die Sache dann tatsächlich auf sich beruhen lassen.“

39

Sie waren zu dritt und kamen direkt auf ihn zu. Drei Ausländer. Zwei Türken und ein arabisch aussehender Kerl. Alle drei um die Zwanzig. Noch richtige Rotzgesichter, die auf cool machten. Im ersten Moment hatte Schott den verrückten Gedanken, sie wären ebenfalls von Hauser geschickt, hätten die Absicht, ihn abzustechen oder auf eine andere Weise kaltzumachen. Er drückte sich mit dem Rücken gegen die Mauer, die Hände in den Taschen seiner Windjacke zu Fäusten geballt, bereit, notfalls den ersten Schlag auszuteilen. Doch gut zwei Meter vor ihm machten sie wie auf Kommando Halt und starrten ihn wortlos an. Nicht feindselig, eher respektvoll.

Sekundenlang tat sich nichts.

„Wir haben gehört, du hast einen umgelegt?“, sagte dann der Mittlere in tadellosem Deutsch.

Schott nickte nur.

„Hast ihn voll gelöchert. Die ganze Fresse weggepustet.“

„So ungefähr.“

„Dann wird’s aber dauern, bis sie dich wieder rauslassen“, sagte der Araber links von ihm, etwas holpriger in der Artikulation.

„Schon möglich …“

Der andere Türke formte mit Faust und Zeigefinger eine Pistole und zielte auf Schotts Brust. „Peng, peng, peng …"

Schott sagte nichts.

„Und warum?" fragte der Mittlere nach.

Schott lächelte knapp. „Hat sich so ergeben", erwiderte er nach einer Pause. „Wie es halt so kommt, wenn dir einer dumm kommt …"

Ein Aufsichtsbeamter näherte sich. „Alles in Ordnung?", fragte er Schott.

„Ja, sicher."

Der Aufsichtsbeamte winkte in Richtung Tür. „Kommen Sie mit. Sie haben Besuch."

Schott folgte dem Mann in das Besuchszimmer, das ihm mittlerweile gut vertraut war. Es waren Gruber und sein Anwalt, die auf ihn warteten. Beide augenscheinlich bester Dinge. Er setzte sich zu den beiden an den Tisch, auf dem neben Kaffee und Mineralwasser auch eine Flasche Cognac stand. Gab es vielleicht etwas zu feiern? Er schenkte sich einen Pappbecher voll Kaffee ein, trank einen Schluck und beugte sich dann vor, die Ellbogen auf die Tischplatte gestützt.

„Also meine Herren, was gibt es Neues?"

„Es gibt zwei Nachrichten", erwiderte Gruber. „Welche willst du zuerst hören?"

„Diejenige, die mir sagt, dass ich so schnell wie

möglich aus diesem Affenstall hier rauskomme."

„Nun, da kann ich Sie beruhigen, Herr Schott", sagte der Anwalt. „Ein besseres Gutachten hätten wir uns eigentlich nicht wünschen können. Platt formuliert, sagen beide Psychologen übereinstimmend aus, dass Sie sich aufgrund der vorhergehenden Ereignisse von Fabian massiv bedroht gefühlt und sich nicht anders zu helfen gewusst hätten, als das Feuer auf ihn zu eröffnen. Dass dem vielleicht nicht ganz so war, müssen wir dem Richter ja nicht unbedingt auf die Nase binden. Natürlich könnte die Staatsanwaltschaft jetzt eine weitere Untersuchung verlangen, aber wie ich gehört habe, soll daran kein großes Interesse bestehen."

„Und das heißt?"

„Das heißt, dass Sie in ein, zwei Tagen wieder auf freiem Fuß sind und irgendwann in den nächsten zwei, drei Monaten vor Gericht erscheinen müssen."

„Immerhin." Schott trank einen weiteren Schluck Kaffee und blickte zu Gruber. „Und die zweite Nachricht?"

„Wir wissen jetzt mit Sicherheit, dass Hausers Frau den Geldboten gespielt hat", erwiderte Gruber.

„Habt ihr sie festgenommen?"

„Das nicht gerade …"

„Sondern?“

Gruber und der Anwalt wechselten einen Blick. „Ich fürchte, sie ist tot. Ermordet“, erklärte Gruber dann.

Schott lehnte sich zurück und holte Zigaretten und Feuerzeug aus seiner Jacke.

„Hier drin ist Rauchen verboten“, sagte Gruber.

Schott achtete nicht auf ihn. Er steckte sich eine Zigarette an und sagte: „Lass mich raten: Sie wurde von Fabian ermordet, richtig?“

„Richtig. Die Kollegen haben in der Bude, in der er zuletzt gehaust hat, einem Altbau am Stadtrand von Fürth, ihre Fingerabdrücke entdeckt. Und Blutspuren, die eindeutig von ihr stammen.“ Gruber machte eine Pause und trank einen Schluck Mineralwasser. Er sagte: „Kann sein, dass er sich die Frau gleich bei der Geldübergabe geschnappt hat, falls sie so dumm war und sich mit ihm irgendwo abseits in der Landschaft getroffen hat. Oder er ist ihr gefolgt und hat sie erst später in seine Gewalt gebracht. Aber das Motiv dürfte in beiden Fällen das gleiche gewesen sein: Er wollte wissen, ob da noch mehr Geld im Spiel ist. Verknüpft mit der Möglichkeit, jemanden ungestraft fertigmachen zu können …“

„Also wieder eine Leiche, die irgendwo verscharrt ist?“

Gruber nickte. „Oder er hat sie anderweitig entsorgt. Jedenfalls gehen wir davon aus, dass sie tot ist, auch wenn wir die Fahndung nach ihr vorläufig weiterlaufen lassen."

„Damit schließt sich der Kreis wohl, wie es so schön heißt, oder?", sagte Schott nach einer Weile dumpfen Schweigens. „Ich frage mich nur, wieso er dann überhaupt hier in der Gegend aufgekreuzt ist?"

„Das werden wir wohl nie herausfinden. Vielleicht hat er nicht erfahren, dass Hauser im Knast verstorben ist und befürchtet, dass der einen weiteren Killer auf ihn ansetzt, wenn er einfach nichts tut …"

„Jedenfalls sind Sie damit mehr oder weniger aus dem Schneider, Herr Schott", sagte der Anwalt und griff nach seiner Aktentasche. „Totschlag im Affekt bei erheblich verminderter Schuldfähigkeit, verbunden mit einem Dienst an der Menschheit, das dürfte wohl selbst den strengsten Richter gnädig stimmen."

40

Gruber stand mit dem Rücken zum Fenster und beobachtete mit einer Mischung aus Eifersucht und Neid, wie Schott und Ingrid miteinander umgingen. Wie vertraut, geradezu intim. Als wäre es erst gestern gewesen, dass die beiden eine Nacht zusammen verbracht hatten. Aber schön, was hatte er erwartet? Schließlich war er es gewesen, der Ingrid erst in diese schreckliche Situation gebracht hatte. Und dass Schott den Kerl erledigt hatte, machte ihn jetzt wohl zu einem Heiligen in ihren Augen. Dabei … Gruber zögerte kurz, diesen Gedanken fortzusetzen, aber letztendlich hatte er kaum einen Zweifel: Wenn Schott nicht zufällig zu diesem Job als Drehbuchschreiber gekommen wäre, hätte es gut sein können, dass er auf der anderen Seite, bei den Bösen gelandet wäre.

„… dann warst du sicher auch mal in diesem Laden Ecke Kant und … die Straße weiß ich jetzt nicht mehr, aber es war im Keller und immer furchtbar laut?", drang Schotts Stimme zu ihm.

Ingrid nickte eifrig. „Ja, klar. Und nicht nur einmal …"

„Echt nicht zu glauben." Schott drehte sich zu Gruber um. „Hast du das gehört: Sie hat tatsächlich über ein Jahr quasi bei mir um die Ecke gewohnt und wir sind uns nie über den Weg gelaufen."

„Wahrscheinlich hast du sie nur nicht erkannt …"

„Was?"

„Du hast mir doch selbst erzählt, dass du in deiner ersten Zeit in Berlin immer auf Drogen warst", erklärte Gruber und schämte sich sogleich für diese unnötig bissige Bemerkung.

Doch Schott lächelte nur gutmütig und sagte: „Da hast du auch wieder Recht."

„Also dann, wir sehen uns." Schott und Ingrid umarmten sich.

„Ich gehe dann mal vor", sagte Schott zu Gruber, nachdem er sich von Ingrid gelöst hatte und wandte sich zur Tür. Gruber nickte dankbar. Unschlüssig, was er tun sollte. Er lächelte unsicher und blieb, wo er war.

„Willst du ewig da stehen bleiben?", fragte Ingrid.

„Nein. Aber …"

„Jetzt komm schon."

Gruber stieß sich vom Fensterbrett ab und setzte sich zu Ingrid auf die Bettkante.

„Ich mache dir keine Vorwürfe, wenn das deine Sorge sein sollte", sagte sie.

„Ehrlich?"

„Ja, ganz sicher. Ich meine, vielleicht wäre es anders, wenn der Scheißkerl noch frei herumlaufen würde. Aber so …“

„Trotzdem, ich hätte niemals einfach so … Ich meine, er hätte dich genauso gut …“ Gruber verstummte und starrte schuldbewusst zu Boden. Ingrid griff nach seiner Hand und drückte sie sanft.

„Lass es gut sein, Andreas. Ich hab's überlebt, okay?“

Sie saßen eine Weile und hielten Händchen. „Kann ich irgendetwas für dich tun? Soll ich dir was besorgen?“, fragte Gruber schließlich.

„Im Augenblick nicht, danke. Aber wenn mir was einfällt, kann ich dich ja anrufen, oder?“

„Jederzeit.“ Gruber löste sich von der Frau, stand auf und straffte sich. Der Druck auf seiner Brust hatte merklich nachgelassen. „Okay. Ich komme morgen wieder, wenn's recht ist …“

„Nicht nur morgen, hoffe ich.“

Gruber schluckte schwer. Er hatte mit vielem gerechnet, aber nicht damit.

Er fand Schott vor dem Eingang, auf Tuchfühlung mit einer hübschen, nicht mehr ganz jungen Frau, bekleidet mit Jogginghose und einem Bademantel, der er soeben mit seinem Feuerzeug aushalf und sich dann selbst eine Zigarette ansteckte.

„Wolltest du damit nicht endlich aufhören?“

„Grundsätzlich ja.“ Sie spazierten hinüber zur Hochgarage, in der Gruber seinen Peugeot geparkt hatte.

„Machen wir einen kleinen Ausflug?“, fragte Gruber, als er sich am Sailer-Keller in den Verkehr stadteinwärts einreihte. „Vielleicht nach Waging …?“

„Klar. Gute Idee.“

Die Fahrt verlief schweigsam, jeder hing seinen Gedanken nach. Gruber parkte in der Nähe der Stelle ein, wo er vor genau zwei Wochen im Wagen übernachtet hatte, und sie schlenderten zur Promenade hinunter, wo Gruber stehen blieb und auf die andere Seite des Sees hinüberblickte.

„Eigentlich unfassbar, dass auf diesem kurzen Stück so viele Menschen umgekommen sind“, sagte er.

„Du meinst diese Fähre, die hier mal im Sturm gekentert ist?“

„Ja … Also, was glaubst du, hatte dieser Fabian eventuell Freunde?“

„Der und Freunde! Kann ich mir nicht vorstellen. Und selbst wenn, glaube ich nicht, dass die Lust darauf hätten, sich mit einem Bullen anzulegen, der einen …“ Schott verstummte und zuckte mit den Schultern.

„… der selber einen verrückten Killer zum Freund hat“, ergänzte Gruber.

„Ja, so ungefähr."

„Da hast du auch wieder Recht."

Sie setzten sich auf die Mauer und betrachteten das Geschehen um sie herum.

Gruber fixierte eine schlanke, grauhaarige Frau um die sechzig, die ein paar Meter entfernt von ihnen stehen geblieben war und mit melancholischem Gesichtsausdruck auf den See hinausschaute. Die Frau kam Gruber irgendwie bekannt vor. Auch jemand, der diesen Ort mit Erinnerungen verband?

„Und jetzt?", unterbrach Schott Grubers Überlegungen.

„Jetzt fahren wir weiter, wenn du Lust hast." Gruber erhob sich und wandte sich zum Gehen.

„Und wohin?"

„Nach Trenkmoos ins Tierheim."

„Wieso? Hast du Verwandte da?"

„Das nicht gerade. Aber vielleicht bald meinen zweitbesten Freund, wenn alles klappt …"

„Du willst dir einen Hund zulegen?"

„Nicht irgendeinen. Den von diesem Neumann … Hast du eigentlich ein Haustier?"

„Klar doch. Eine Katze. Schon seit vier Jahren. Meine Madame …"

„Und wo ist die jetzt?"

„Bei einer Freundin."

Gruber blickte sich nach der grauhaarigen Frau um, doch sie war verschwunden. Schott gab ihm einen Klaps auf die Schulter, und sie gingen über den Parkplatz zurück zu Grubers Wagen.

Pendragon Verlag
gegründet 1981
www.pendragon.de

Veröffentlicht im Pendragon Verlag
Günther Butkus, Bielefeld 2009

Lektorat: Eike Birck, Marion Schräder
Umschlag: Michael Baltus Verlagsherstellung
Umschlagfoto: Marietta Heel
Satz: Pendragon Verlag auf Macintosh
Gesetzt aus der Adobe Garamond
Druck: Aalexx Buchproduktion, Großburgwedel
ISBN 978-3-86532-148-0
Printed in Germany